# LA CHASSE DU WINDIGO

**TOME 3**

# LA CHASSE DU WINDIGO

## MÉLANIE DUFRESNE

**Déclaration de reconnaissance**
Dans un esprit d'amitié et de solidarité, l'autrice rend hommage aux Premiers Peuples de son lieu de résidence. Étant à la croisée du Nionwentsïo du peuple Huron-Wendat, du Ndakina du peuple Wabanaki, du Nitassinan du peuple Innu, du Nitaskinan du peuple Atikamekw et du peuple Wolastoqiyik Wahsipekuk, nous honorons nos relations les uns avec les autres.
Publié à Québec

Couverture par Karol Kinal

ISBN-13 papier : 978-2-9819290-6-8
ISBN-13 ePub : 978-1-3931004-6-1

Dépôt légal : 2021
Bibliothèque et Archives nationales du Québec
Bibliothèque et Archives Canada

# Prologue

Son cri de frustration se réverbéra sur les murs. Elle se tourna vers le corps brisé. Sa victime n'avait pas survécu bien longtemps. La flaque rougeâtre prenait de l'ampleur et commençait à imbiber le coin du tapis.

Elle ferma les yeux et inspira profondément. L'odeur métallique du sang et celle plus amère de la mort la firent frissonner. Si elle avait contenu son impatience, les sorcières auraient pu interroger le captif et en soutirer quelque chose. Elle se pinça l'arête du nez. L'endroit où se trouvait la clé lui échappait encore. Le solstice d'hiver était dans quelques jours et il lui fallait absolument la relique d'ici là.

Un mouvement dans le coin de la pièce attira son attention. Son fidèle serviteur avait une expression parfaitement neutre, une main serrée autour du poignet opposé dans une pose qui se voulait détendue. Mais la blancheur de ses jointures trahissait sa nervosité.

Elle attrapa ses jupes d'une main pour éviter que le tissu touche au sang et contourna le corps. L'homme en noir y jeta un bref coup d'œil avant de reporter son attention sur elle.

— Il semblerait que notre témoin ne soit pas en mesure de nous en dire plus.

Il pinça les lèvres imperceptiblement. Elle se pencha vers lui avec un haussement de sourcil.

— Un commentaire à formuler?

— Quelle est la prochaine étape?

Son serviteur était bien trop intelligent pour son propre bien. Il savait exactement comment éviter sa colère. Elle pivota sur elle-même et se tapota les lèvres d'un doigt.

– Quelqu'un nous a pris la clé. Nous avons un traître parmi nos rangs.

Elle eut un rire sans joie. Quelle ironie! Elle leva les yeux vers le portrait au-dessus du foyer. Comme elle détestait l'homme qui y était dépeint. Son règne allait connaître une fin abrupte et douloureuse. Elle le lui devait bien pour tout le mal qu'il lui avait fait. Elle se tourna vers l'homme en noir.

– Trouve le traître. Trouve-le avant les célébrations du Solstice. Ou alors je transformerai la réunion des Clans en bain de sang.

L'homme s'inclina à partir de la taille.

– Il en sera fait selon les volontés de ma dame.

# Chapitre 1

Mon souffle se coupa et l'impact avec le sol se réverbéra dans mon dos. Je clignai des yeux et le plafond cessa de s'agiter.

– Aller, on se relève.

Je roulai sur le côté et envoyai un regard mauvais à Sorcha. Elle sautilla d'un pied à l'autre avec un sourire, sa queue de cheval battant en rythme. Je me remis debout et pris position. Elle me fit face, les mains en garde. J'évitai le premier coup, plus par instinct qu'autre chose. Elle feinta et son coup suivant atteignit mes côtes. Je contractai mes abdominaux pour encaisser le choc et ripostai dans l'ouverture qu'elle n'avait pas refermée. Elle m'attrapa le bras et je décrivis un arc de cercle gracieux avant de m'étaler de tout mon long.

Cette fois, c'en était trop et je laissai mes bras retomber au sol. Une mèche de cheveux me tomba sur le nez et je soufflai pour l'enlever. Le visage de Megan apparut au-dessus de moi. Son sourire fit pétiller ses yeux bruns whisky. Ses cheveux bouclés étaient tirés vers l'arrière dans une tresse française qui soulignait ses hautes pommettes et son menton pointu. Elle me tendit la main et je l'attrapai pour me relever d'un bond.

– Belle tentative, me dit-elle.

Je lui répondis d'une grimace. Sorcha nous regardait, les mains sur les hanches.

– Ce n'est pas en vous offrant des fleurs que vous allez devenir meilleures. Ellie, va faire un peu de sac. Pense à ta garde. Megan, c'est ton tour.

Je me dirigeai vers l'autre côté de la salle d'entraînement sans attendre; Sorcha aimait bien nous faire cadeau d'exercices supplémentaires lorsque la motivation n'était pas au rendez-vous. Avec sa stature délicate et ses cheveux maintenant mauves, elle avait l'air d'une gamine. Mais comme Bastien me l'avait prédit, son côté sadique était bel et bien celui d'une Sentinelle d'expérience.

Nous n'étions pas ses premiers élèves et sa réputation n'était plus à faire. Elle avait transformé son garage en véritable gymnase. Le sol était recouvert de matelas et des modules d'entraînement avaient été boulonnés au plafond et aux murs. Plusieurs membres de la meute venaient régulièrement s'y entraîner et bénéficier des conseils de Sorcha.

En deux mois, elle avait réussi à nous inculquer les bases, à Megan et moi, et à faire de nous des combattantes acceptables. Mes connaissances en kickboxing m'avaient aussi bien servie que nuie. J'avais développé ce que Sorcha qualifiait de mauvaises habitudes et les désapprendre avait été aussi douloureux que d'apprendre les nouvelles notions.

Je ne serais certainement pas en mesure de tenir tête à un Faoladh, comme le prouvait la séance de ce matin, mais au moins j'étais bien meilleure à esquiver et me sauver : mes sprints à la course avaient connu une amélioration fulgurante.

Une main sur le sac pour ajuster ma distance, je pris position et commençai à frapper. Je pouvais suivre le combat derrière moi, ponctué des grognements peu élégants de Megan et de ses impacts au sol. Contrairement à moi, elle n'avait jamais pratiqué de sport de contact, mais elle avait pratiqué le volleyball et la course à pied. Elle avait donc déjà une bonne endurance, mais ça ne l'avait pas empêché de trouver les premières semaines pénibles.

Jeremy, son conjoint, avait pris l'habitude de nous accompagner lors de nos entraînements de course. Avant qu'il ne soit attaqué par un loup-garou bestial, Megan et lui avaient été des randonneurs chevronnés. Leur vie avait bien changé depuis, mais il commençait à s'acclimater à sa nouvelle nature. Les Faoladh avaient relâché leur surveillance et lui laissait vivre une vie presque normale.

Un fourmillement me remonta le creux des reins et les gonds de la porte extérieure couinèrent. Je lançai un bref coup d'œil et fus surprise de voir Karl passer le seuil. Avec son physique de sportif d'endurance et ses traits de Viking, on l'aurait cru tout droit sorti d'une revue.

Le sac me percuta dans le ventre et me coupa le souffle. Je vis clairement son sourire avant de reporter mon attention sur le sac de frappes. Je fis de mon mieux pour m'appliquer, mais ma concentration semblait s'être évaporée.

Avec un bruit sourd, Megan heurta le sol matelassé et je l'entendis taper au sol trois fois.

– Assez. J'ai besoin d'une pause.

– Mm, Ellie aussi, répondit Sorcha. On dirait que sa pause vient de passer la porte.

Je sentis le feu me monter aux joues. Le sac se balança sur sa chaîne et je tendis les mains pour arrêter son mouvement. Un regard rapide m'apprit que Karl s'était adossé au mur, les bras croisés, et son expression indéchiffrable. Je retirai mes gants et défis les bandes protectrices sur mes mains.

Les yeux rivés sur ma tâche, je fis de mon mieux pour ignorer la connexion qui vibrait entre nous. Mais c'était comme si le soleil avait percé les nuages par une froide journée d'hiver. Mon corps entier reprenait vie et la chaleur chassait la grisaille.

Une bouteille d'eau arriva dans mon champ de vision et je relevai la tête pour voir Megan. Je la remerciai d'un sourire et pris une bonne gorgée. Elle tourna le dos à Karl et agita les sourcils de manière suggestive. Je lui envoyai un coup dans l'épaule qu'elle esquiva avec une grimace amusée.

Je plaçai mes gants et mes bandages sur mon sac et retournai sur mes pas pour aider Sorcha à ranger le matériel. Une fois la salle d'entraînement remise en ordre, elle s'essuya le visage avec sa serviette et s'approcha de Karl.

– Est-ce que tes bagages sont prêts?

Il haussa un sourcil.

– Même ma mère ne me pose pas ce genre de questions.

Sorcha lui répondit d'une grimace peinée. Sarah avait été captive pour la majeure partie de la vie de Karl et elle n'était revenue dans le décor que tout récemment. Karl avait été élevé par Alain, un démon d'air et un ami de la famille. Mais la notion de parentalité d'Alain avait visiblement divergé de la définition moderne par moment.

L'attention de Karl se tourna vers moi.

– Es-tu sûre de ne pas vouloir venir? Tu ne serais pas obligée d'assister aux rencontres formelles.

Je secouai la tête. Même si les derniers mois avaient servi à apprendre à me défendre, je doutais que ce soit une bonne idée d'aller à une réunion des Clans et de la Faction. Ce serait un peu comme lancer un nageur débutant dans un bassin rempli de requins.

– Je serai en sécurité avec Greg, et Megan en renfort, s'il devait arriver quoi que ce soit. Et ça vous évitera d'être distraits par ma sécurité.

Je lui lançai un regard lourd de sous-entendus. Il se contenta de sourire, bien conscient que l'attitude de Christian à mon égard était un irritant continuel. Le chef de la meute avait accepté de relâcher sa surveillance vu mes efforts, mais il restait très protecteur. Karl était poussé par le même instinct, mais le bon sens l'obligeait à se modérer. Il savait que je n'hésiterais pas à fuir sous la pression. Et comme il souhaitait partager ma vie, ce n'était pas une option viable.

Sorcha pointa sa bouteille d'eau en direction de Karl.

– Si ta présence est suffisante pour le distraire, c'est peut-être à lui que je devrais donner des leçons.

Une lueur prédatrice passa dans les yeux de Karl, vite camouflée par un sourire amusé.

– Si tu arrives à me prendre par surprise, je t'accorderai une séance.

Le sourire de Sorcha en réponse était digne de celui de ses cousins naturels les loups, tout en dents.

– Défi accepté.

Mon ventre se mit à gargouiller à ce moment-là. Et comme la moitié des personnes présentes bénéficiaient d'une ouïe supérieure à la moyenne, le son me valut des regards amusés. Je haussai les épaules avec un sourire d'excuse. Sorcha se dirigea vers la porte qui menait au reste de la maison.

– Vous devriez venir manger chez Christian, dit-elle. Bridget a prévu de la nourriture pour une armée. On doit faire le point sur le déroulement du weekend.

Je secouai ma camisole imbibée de sueur.

– Pas dans cet état.

– Prends la salle de bain du sous-sol, contra-t-elle.

Megan nous salua de la main et enfila son manteau avant de ramasser son sac.

– Je vais aller prendre une douche aussi dans ce cas.

Elle se dirigea vers la porte qui donnait directement vers l'extérieur et une bourrasque d'air frais suivit son départ. Jeremy et elle louaient une maison appartenant à la meute dans le quartier. Ça devait être temporaire, le temps qu'il soit réellement prêt à reprendre une vie autonome. Je commençais à croire qu'il avait atteint sa limite en frais de stabilité, mais je me gardais bien d'en parler.

Karl haussa un sourcil à mon intention.

– Besoin d'aide pour te savonner le dos?

Je lançai un coup d'œil vers la maison où Sorcha avait disparue et m'éclaircis la gorge. Après l'Action de grâce, Karl et moi avions décidé de donner une chance à notre relation. Toutefois, la semaine suivante avait été bien remplie par les examens de mi-session. Pendant la semaine de lecture, l'entraîneur de Karl lui avait élaboré un horaire d'entraînement digne d'un esclave. Le mot « Olympiques » avait été prononcé à plusieurs reprises. Je ne savais pas à quel point c'était sérieux, mais Karl avait eu un automne extrêmement chargé.

Les semaines avaient défilé et les examens finaux nous étaient tombés dessus comme une tonne de brique. Au final, nous n'avions fait aucune autre activité commune depuis. J'avais passé mon dernier examen la veille et j'avais bon espoir que nous pourrions passer du temps de qualité ensemble pendant les vacances des fêtes.

S'il survivait aux célébrations du Solstice et aux manigances de Mab.

J'attrapai mon sac avec une grimace.

– Je vais prendre un bon différé sur cette offre.

Il soupira de façon théâtrale et attrapa ma main libre. Il y déposa un baiser avant de me pousser vers la maison.

– Je t'attends dehors dans ce cas, question de refroidir mes ardeurs.

Je secouai la tête avec un sourire amusé et fis comme il le suggérait. Peu importait la température extérieure, il en faudrait bien plus pour affecter sa fournaise interne. Fils d'une créature du feu, et en ajoutant sa malédiction de Windigo, le feu ne pouvait le blesser et le froid était son arme.

Je me dépêchai de descendre les marches pour aller à la salle de bain du sous-sol. Une fois propre et changée, je remontai en haut comme Sorcha enfilait son manteau. Je tortillai mes cheveux encore humides et les cachai sous ma tuque. Ce n'était pas le moment d'attraper un rhume. Le mois de décembre avait été froid et une bonne couche de neige recouvrait déjà le sol. Je suivis Sorcha dehors, mon sac sur l'épaule. Karl se redressa du milieu du terrain avec un sourire taquin.

Le soleil avait réchauffé la neige et lui avait conféré cette texture parfaite pour la façonner. Karl en avait profité pour sculpter un petit bonhomme de neige avec une grosse tête. Il lui avait placé des branches en guise de bras et il ne lui manquait plus qu'une carotte. Sorcha se pencha et ramassa une bonne boulette avant de la lancer vers Karl. Il l'évita d'un pas fluide et vint nous rejoindre. Je tendis la main et il l'attrapa avec un sourire.

— Comment s'est passée la séance de torture? demanda-t-il.

Je haussai un sourcil amusé et Sorcha renifla dédaigneusement.

— Comme à peu près toutes les autres, dis-je. Sorcha nous a enseigné des trucs et elle nous a ensuite démontré que notre maîtrise était insuffisante.

Elle secoua la tête.

— Ton jeu de pied s'est amélioré. Tu dois juste faire plus attention à ta garde.

Je répondis d'un grognement perplexe. Deux mois n'avaient visiblement pas été suffisants pour faire de moi une véritable guerrière. J'avais fait de bons progrès, mais ça ne me semblait pas encore assez significatif pour faire pencher la balance en ma faveur.

La maison de Christian apparut au coin de rue suivant. Plusieurs voitures occupaient déjà l'entrée. Sur le terrain d'en face, les jumeaux Jacob et Leo s'égayaient dans la neige, les joues rougies par le froid. Ils avaient regroupé toute la neige du terrain vers le centre pour s'en faire un fort. À notre arrivée, ils disparurent derrière le monticule. Quelques projectiles blancs nous manquèrent de peu, suivis de gloussements. Karl ramassa une des boules et la renvoya à l'expéditeur. Un cri étranglé suivi de rires moqueurs nous confirma qu'il avait atteint au moins une cible.

Je montai les marches du perron et ouvris la porte de la maison. L'entrée était déjà bien encombrée de bottes. Je replaçai quelques paires, question de nous dégager un peu d'espace, avant de retirer mon manteau. Je me dépêchai de laisser la place aux autres.

Je lançai un coup d'œil dans le salon, mais le trouvai vide. Bridget, ma mère adoptive, était dans la cuisine, un café dans une main et une cuillère de bois dans l'autre. La vapeur qui s'échappait du chaudron devant elle avait fait boucler ses cheveux acajou.

À l'îlot, Gill et Bastien donnaient un coup de main à préparer la salade et les accompagnements. Les cheveux de mon frère adoptif étaient dissimulés sous une casquette, la visière vers l'arrière, ne laissant que quelques mèches châtaines hirsutes ressortirent à son front. Il avait les traits de sa mère, mais il tenait sa coloration de son père. Gill, quant à lui, conservait des reflets cuivrés du pelage de son loup, même sous sa forme humaine. Ses yeux étaient d'un brun si foncé qu'on distinguait à peine la pupille.

Bridget releva la tête à mon arrivée et me salua d'un sourire.

— Ellie, je suis contente de te voir, dit-elle. Voudrais-tu mettre la table?

J'acquiesçai. Je ne savais pas si c'était le fait d'être mère, de travailler comme assistante virtuelle ou si c'était plutôt lié à son rôle de compagne du chef de meute, mais Bridget avait le don de coordonner les gens autour d'elle. Et même après tous mes efforts de l'automne, si Bridget me demandait quelque chose, ma première réaction était d'y accéder.

Je passai le long de l'îlot pour aller au meuble où se trouvait le linge de maison. Bastien avait les deux mains occupées à couper une miche de pain, mais il étira une jambe pour me faire trébucher. Je lui enfonçai un doigt entre les côtes en riposte et il dut se contorsionner pour m'éviter. Gill terminait de mélanger la salade et il retroussa le nez devant nos chamailleries. Je fus soulagée de le voir sourire. Les événements de l'automne ne l'avaient pas épargné et je savais que Christian s'était inquiété pour lui.

– Où sont les autres?

Vu le nombre de voitures à l'extérieur, le compte n'y était pas. Bridget pointa l'arrière de la maison tout en brassant le contenu du chaudron.

– Bryan et Christian sont dans le bureau avec Greg.

Elle m'étudia de la tête aux pieds, son regard s'attardant sur mon visage, probablement mes cernes. Le sommeil s'était fait rare entre la révision et les lectures obligatoires.

– Comment s'est passée la fin de session?

– Bien, je crois. J'ai eu une bonne note pour le premier examen, mais je n'aurai pas le résultat des deux autres avant janvier. Pareil pour le travail d'équipe.

Elle hocha la tête, visiblement satisfaite. Son regard se porta sur Karl qui nous avait rejoints.

– Bonjour Karl. Prêt pour demain?

Sorcha passa derrière nous à ce moment et lui envoya un coup de coude dans les côtes. Il fronça les sourcils, mais ses lèvres frémissaient du sourire qu'il avait peine à contenir.

– Oui, mes bagages sont prêts.

Bridget sourcilla devant cette réponse obtuse, mais n'insista pas. J'ouvris le tiroir du bahut et attrapai une nappe. Karl s'approcha de la table et prit un coin du tissu pour m'aider à l'installer. Une fois les couverts placés, Bastien nous passa les condiments. Quelques minutes plus tard, Christian arriva dans la cuisine, en compagnie de Bryan et Greg. Il se dirigea vers Bridget et lui déposa un baiser sur la nuque. Elle tourna la tête avec un sourire.

– Tu parles d'une heure pour venir donner un coup de main.

Elle lui plaça deux assiettes dans les mains et aussitôt il se tourna pour me les donner. Il ouvrit de grands yeux, comme si sa femme pouvait réellement le terroriser, et je pinçai les lèvres pour ne pas rire. Je les posai sur la table et pris ma place tandis que Karl prenait celle à mes côtés. Christian se tourna vers Bridget avec un sourire en coin.

– Nous avons élevé deux merveilleux enfants pour te servir de main-d'œuvre. Ça n'est pas suffisant?

Bastien mit une main sur son cœur et prit une expression outrée.

– Dis quelque chose, Ellie. J'habite encore ici, alors je suis toujours à la merci de leur bonne volonté. En tant qu'affranchie, tu dois défendre notre honneur.

Il prit place en face de moi tandis que je secouais la tête.

– C'est ma vengeance pour la fois où tu as mangé ma fournée de biscuits.

Bastien leva les yeux au ciel en martyr.

– Une fois, c'est arrivé une fois.

Christian passa derrière lui et donna une pichenotte sur sa casquette. Bastien marmonna une excuse et s'empressa de la retirer. Les autres prirent place à table et dès que Bridget fut assise avec nous, les plats circulèrent. La discussion resta autour de sujets légers, sachant que nous attendions l'arrivée de tous pour entrer dans le vif du sujet. Nous avions presque fini de ranger la cuisine lorsque le carillon de la porte d'entrée se fit entendre. J'eus tout juste le temps de ranger la dernière assiette qu'une petite tornade m'attrapait les jambes.

– Ellie, tu es là! dit Camille.

Je me penchai et lui rendis son étreinte. La fillette releva la tête vers moi avec un grand sourire. Elle devait avoir pris au moins cinq centimètres au cours des derniers mois. Son visage commençait à perdre les rondeurs de l'enfance pour laisser deviner ses traits définitifs. Ses cheveux noirs avaient été tressés d'un côté et la longue natte lui tombait sur l'épaule.

– Tu as trop grandi, ça doit faire des années qu'on ne s'est pas vu.

La petite gloussa et me fit une grimace exaspérée.

– On s'est vu la semaine passée. Mais j'ai bien mangé mes légumes.

Elle se pencha vers moi avec un air conspirateur.

– Grand-père a dit qu'il le saurait si je ne les mangeais pas et qu'il m'enseignerait uniquement le pouvoir des plantes si je n'écoutais pas maman.

Je retins mon sourire et lui servis un regard horrifié. Elle hocha la tête avec emphase puis son visage s'illumina.

– Viens jouer avec moi!

Elle attrapa ma main sans attendre ma réponse et me tira vers le salon. Annick venait d'enlever son manteau et nous salua en sortant du hall d'entrée. J'agitai ma main libre et suivis la fillette. Elle monta les escaliers jusqu'à l'étage et trépigna sur le palier.

– On joue à cache-cache. C'est toi qui comptes.

Et avant même que je puisse me couvrir les yeux, elle se sauva au pas de course. Je secouai la tête avec amusement et comptai à voix haute jusqu'à dix.

– Où peut bien être Camille? dis-je.

Un gloussement me parvint depuis ma chambre et je réprimai un sourire.

– Est-elle par ici? demandai-je en entrant dans la pièce.

Je lançai un coup d'œil derrière la porte et entendis des bruits depuis l'armoire.

– Sous le lit, peut-être?

Je m'agenouillai au sol et regardai sous la base. J'entendis la porte grincer derrière moi.

– Bou!

Je me tournai avec les yeux écarquillés et la bouche grande ouverte. Camille éclata de rire et se jeta dans mes bras. À peine une seconde plus tard, elle recula et me poussa des mains.

– À ton tour. Va te cacher.

Je fis mine de réfléchir et me frottai le menton. La petite sauta sur place d'impatience et je la pointai du doigt avec un air sévère.

– Cache tes yeux et compte jusqu'à dix. Lentement!

Elle acquiesça avec vigueur et se colla le visage à l'édredon avant de commencer le décompte. Je sortis de la pièce et me dirigeai vers la salle de bain. Le plafonnier était éteint, avec une simple veilleuse comme éclairage. J'écartai le rideau de douche et m'assurai que la baignoire était sèche avant d'y monter. Je replaçai le rideau et m'assis avec les jambes repliées. J'entendis Camille terminer son décompte et courir dans la chambre.

– Ellie, où es-tu?

Je secouai la tête, amusée. Camille fit le tour des pièces avant de s'approcher de la salle de bain. Vu la position de l'interrupteur, elle aurait besoin d'un petit banc pour l'atteindre. Je collai ma tête au mur pour la voir entre le carrelage et le rideau.

Camille se contenta de rester sur le seuil et de plisser les yeux. Sa bouche se pinça et elle mit les mains sur les hanches, frustrée. Elle tourna les talons et se dirigea vers la fenêtre au bout du couloir. Bridget y avait installé une petite console avec quelques plantes. J'entendis Camille chuchoter et après un moment de silence, une petite chanson trillée se fit entendre. Camille revint au pas de course.

Dans ses mains, quelque chose luisait d'un halo verdâtre. La petite créature avait l'air d'une fée, avec de larges pétales verts en guise de membres. Camille leva les mains et la créature se mit à flotter, illuminant la salle de bain sur son passage. La créature arriva au bain et contourna le rideau.

Fascinée, je la regardai approcher. La petite apparition ne volait pas vraiment au sens propre. On aurait plus dit une méduse qui se déplaçait grâce aux mouvements de ses feuilles. La lumière verdâtre était amplifiée par le reflet de la céramique et baignait l'espace de reflets turquoise et azur. Je tendis les mains et elle s'y déposa.

Une vague de calme m'envahit.

Je pouvais sentir les battements de mon cœur, lents et forts. Camille tira brusquement sur le rideau.

– Je t'ai trouvé!

La créature reprit son envol et je clignai des yeux.

– Qu'est-ce que c'est?

Camille tendit les mains et la créature s'y déposa délicatement.

– C'est le manitou[1] de la plante à Bridget. La plante est encore jeune, mais elle a eu beaucoup d'amour.

La fillette tourna les talons et ressortit de la pièce, son visage illuminé par la lumière du manitou. Je me relevai et la suivis dans le couloir jusqu'à la console où elle porta les mains à une des plantes.

– On ne peut pas séparer le manitou trop longtemps de sa plante, au risque que les deux se fanent.

Je m'agenouillai à ses côtés et regardai la petite créature grimper sur la sansevière, une plante compacte aux larges feuilles deux tons avec des extrémités pointues. Elle se faufila entre deux feuilles et s'y lova. Camille murmura une série de mots et la forme de la créature se dissipa. Sa lueur se diffusa le long des tiges avant de s'estomper. Je me tournai vers Camille et observai son profil.

– Je ne savais pas que tu étais capable d'appeler les manitous.

Elle haussa les épaules, le regard toujours sur la plante.

– Juste les petits. Parce que je suis encore petite.

La dernière phrase était dite avec un air boudeur. Elle se tourna vers moi, les bras rigides le long du corps et les poings fermés.

– Je veux aller à la rencontre des Clans et de la Faction.

Je m'assis en tailleur au sol pour être à l'aise. Cette discussion ne serait pas simple.

– En as-tu parlé avec ta mère?

Elle hocha la tête.

– Qu'a-t-elle dit?

– Que je suis trop petite! Mais je suis une Shaman, une vraie.

---

1 Un manitou est un esprit qui anime toute chose chez les autochtones.

Elle pointa la plante en guise de preuve. J'acquiesçai lentement.

— Mais ce sera dangereux, dis-je. Les mages renégats ne se laisseront pas accuser si facilement. Ta maman aura besoin de toute sa concentration pour qu'il n'arrive pas d'accident.

Camille pinça les lèvres et tapa du pied au sol.

— Je veux y aller. Je serai sage et je vais écouter les consignes.

Je secouai la tête.

— Il n'y aura personne pour jouer avec toi là-bas. Même moi, je n'y vais pas.

Elle me lança un regard suspicieux.

— Mais Karl y va, dit-elle. Et Christian aussi.

— Oui, et je veux qu'ils se concentrent sur les discussions et sur leur sécurité. Je ne ferais que les distraire s'ils doivent veiller sur moi.

Les épaules de Camille s'affaissèrent. Je lui tendis les bras et elle referma les siens autour de mon cou. Avec un soupir, elle recula et regarda vers le rez-de-chaussée. J'espérais qu'Annick aurait la tâche un peu plus facile grâce à cette intervention. Son visage s'éclaira d'un sourire.

— Baptiste vient d'arriver.

Elle se rua vers l'escalier et dévala les marches. J'entendis la voix du vieil homme la saluer et me relevai. Je descendis d'un pas plus posé et arrivai en bas comme Marie-Josephte sortait du hall d'entrée. La Corriveau était habillée avec la même élégance qu'à l'habitude, sa jupe pinceau soulignant sa taille fine. Son chemisier blanc contrastait avec ses cheveux noirs relevés en chignon. Elle tourna la tête vers moi et l'éclat de ses boucles d'oreille se refléta sur le mur.

— Ellie, je ne m'attendais pas à te voir ce soir. Seras-tu des nôtres ce week-end?

Je secouai la tête.

— Même si j'ai développé mes aptitudes d'autodéfense, je ne vois pas de quelle utilité je pourrais bien être.

Elle m'offrit un sourire compatissant.

— Certaines batailles se mènent derrière les lignes.

Je lui rendis son sourire et la suivis dans le salon. Baptiste s'était assis dans la bergère et Camille sautillait devant lui en racontant une histoire. Mon regard fit le tour de la pièce et je trouvai Karl et Bastien en discussion le long de la table de la salle à manger. Les autres Faoladhs avaient pris place dans les divans et Greg était accoudé au comptoir de la cuisine. Christian s'avança devant le foyer et lança un coup d'œil à sa montre.

— Si tout le monde est là, nous allons commencer.

Je fis signe à Camille.

— Viens, on va aller écouter la télévision au sous-sol.

Christian secoua la tête.

— Ta présence sera nécessaire.

Il se tourna et fit signe à Gill d'accompagner la petite. Les sourcils de Camille se touchèrent presque et elle allait ouvrir la bouche pour protester lorsque Gill s'agenouilla devant elle.

— Madame, me feriez-vous l'honneur de m'accompagner?

Elle gloussa et attrapa la main qu'il lui tendait. Il tira pour l'attraper par la taille et la plaça sur son épaule comme un sac de pommes de terre. La petite éclata de rire et ils disparurent vers l'escalier du sous-sol.

Je reportai mon attention sur Christian et mon sourire amusé s'estompa devant son expression sérieuse. Son regard fit le tour de la pièce et il considéra les gens assemblés. Entre les Faoladh, les Shamans, la Corriveau, le Bonhomme Sept

Heures et le Windigo, toutes les forces majeures de la région étaient réunies ici ce soir.

— Félicitée a appelé. Elle était plutôt contrariée.

— Ce n'est pas nouveau, murmura Baptiste.

Christian haussa un sourcil amusé et poursuivit.

— Il semblerait que Mab lui a fait parvenir plusieurs « demandes » de dernières minutes. La plupart exigent des ajustements mineurs. Mais l'une d'elles est hors de son contrôle.

Son regard se posa sur moi.

— Mab a demandé à ce qu'Ellie soit présente.

Le souvenir de la tentative d'enlèvement par un sauvageon en septembre s'imposa à moi. J'aurais été sotte de penser que les intentions de la reine des Faes étaient bonnes. Le sang se draina de mon visage et des points noirs dansèrent devant mes yeux. Je pris une profonde inspiration et serrai les poings. Je n'allais certainement pas me donner en spectacle devant pareille assemblée. Leurs regards s'étaient d'ailleurs tous posés sur moi. Je pivotai vers Karl, et assurément, ses yeux avaient pris une lueur rougeâtre dangereuse.

J'avalai péniblement et fis face à Christian, mais Bastien me prit de vitesse.

— Hors de question, dit-il. Mab ne peut pas exiger qu'on mette une de nos membres en danger.

Mon dos se raidit à ses paroles. De façon plutôt contradictoire, j'avais envie de le rabrouer. C'était peut-être puéril ou alors c'était de l'orgueil. Je levai la tête et fixai la blancheur du plafond pour réfléchir. J'allais diviser l'attention des Faoladh par ma simple présence, mais si Mab utilisait mon absence pour leur nuire, ils seraient perdants de toute façon. La voix de Karl me parvint de façon claire, même s'il parlait tout bas.

— La décision revient à Ellie. C'est à elle de choisir.

— Karl a raison, dit Christian. Peu importe ton choix, Ellie, nous ajusterons nos mesures de sécurité.

Je baissais les yeux, n'ayant toujours trouvé aucune réponse. Mon regard croisa celui de la Corriveau. Elle haussa un sourcil et je parvins finalement à mettre des mots sur mes inquiétudes.

— Quel est le pire scénario si je ne viens pas?

Elle écarta les mains avec un demi-sourire.

— Mab pourrait prendre ombrage et en profiter pour créer un conflit avec les vampires et les Faoladh du même coup. La présentation de Sarah va tomber complètement à l'eau. Les renégats continueront de faire des dégâts. Le Roi-Mage aura la preuve que l'indépendance est vouée à l'échec.

Je clignai des yeux devant ce tableau dramatique et son sourire s'agrandit. J'entendis gronder quelque part, mais j'étais incapable de dire si c'était Karl ou Bastien. La Corriveau haussa les épaules et reprit.

— Si tu viens, Mab pourrait prendre ombrage d'autre chose et en profiter pour créer un conflit, la présentation de Sarah échoue... Et tu devines que le reste du scénario peut se passer sensiblement de la même façon. Sauf que cette fois, l'issu du week-end pourrait bien se terminer par l'organisation de tes funérailles.

Le silence tomba autour de la pièce. J'entendais seulement mon cœur qui battait dans mes oreilles. La délégation pour les célébrations du Solstice devait partir demain. Je n'avais pas le luxe de réfléchir à la question bien longtemps. Mon regard fit le tour de la salle. La plupart des Faoladh avaient adopté des expressions neutres. Greg avait les sourcils tellement froncés qu'ils se touchaient. Je n'avais nul besoin de voir Karl pour sentir la tension qui l'habitait. Finalement, je me tournai vers Christian.

— Alors tant que ma sécurité n'est pas compromise, ma présence aux discussions ne change absolument rien.

Il acquiesça.

– Si tu viens, je vais demander la permission d'être accompagné de deux loups supplémentaires. Gill et Sorcha devaient être en réserve au cas où Bryan et Rian seraient indisposés. Ils sont donc au courant de tous les détails.

Je lançai un regard vers Sorcha.

– Penses-tu que j'aie les compétences pour survivre au week-end?

Elle agita une main désinvolte.

– Comme Karl l'a déjà fait remarquer, tu as une excellente capacité à survivre. Nous allons tous certainement récolter quelques cheveux blancs supplémentaires, mais j'ai confiance en tes aptitudes.

J'allais ouvrir la bouche pour donner ma réponse, lorsque Baptiste leva la main depuis sa bergère.

– Avant que vous ne preniez une décision, j'aimerais simplement souligner que je ne vous accompagnerai pas.

La Corriveau se tourna vers lui avec les yeux plissés, mais ne dit rien. Annick se pencha et posa la question qui était sur toutes les lèvres.

– Pourquoi? Tes dons de guérison pourraient être utiles, surtout si Ellie est blessée.

Baptiste acquiesça et se tourna vers moi avec un regard d'excuse.

– Peut-être, mais ma présence ferait assurément dérailler vos projets de mise en accusation. Mes sources me disent que Félicitée m'en veut toujours terriblement pour les événements de 1908.

La Corriveau secoua la tête avec dédain.

– C'était une décision financière. Elle n'avait qu'à mieux investir son argent.

Baptiste écarta les mains en signe d'impuissance.

– De toute façon, selon l'entente signée il y a vingt ans, je n'ai pas le droit d'entrer sur son territoire sans invitation. Et je n'en ai toujours pas reçu. Alors soit je demande au duc Nikolaj de lui forcer la main, ce qui démontrerait encore notre inaptitude à interagir en tant que nation libre ou je m'abstiens. D'autant que si Christian vide les rangs des Faoladh pour assurer la sécurité d'Ellie, je serais bien plus utile ici, à surveiller vos arrières qu'à instiguer des querelles et à rallumer des feux.

J'avalai péniblement. Cet avantage ne m'avait pas vraiment traversé l'esprit, mais de savoir qu'il n'y serait pas avait quelque chose d'effrayant.

– Fuir est la meilleure façon de ne pas être blessé au combat, dit Sorcha. Il s'agit de faire preuve de bon sens et d'éviter les confrontations à tout prix.

Elle me lança un regard lourd de sens et j'acquiesçai.

– Je vais vous accompagner, dis-je.

J'entendis Bastien soupirer, mais gardai mon regard rivé sur Christian.

– Je vous promets de veiller à ma propre sécurité et de ne pas nuire à vos efforts de négociations. Ce seront mes deux objectifs du week-end.

– Bien, dit Christian. Deuxième point, nous devons déterminer comment nous aborderons l'Alliance des mages s'ils reviennent à la charge avec leurs histoires de vendetta.

Le reste des discussions se brouillèrent dans mon esprit tandis que je considérais ma décision. C'était probablement la chose la plus risquée que j'allais faire de toute ma vie. Je ne m'étais jamais volontairement exposée à la communauté surnaturelle. Et si j'avais été au cœur de l'agitation de l'automne, ça avait été au second plan ou par accident.

Je n'avais jamais été du genre à aller au-devant de mes peurs pour les affronter. J'étais plutôt celle qui leur donnait des biscuits pour les amadouer. Mon pouls s'emballa et je me concentrai sur ma respiration. Un mouvement attira mon attention et je vis Bridget qui contournait la pièce pour m'apporter un verre d'eau. Elle me le tendit avec un sourire et me frotta le dos de sa main libre. Je lui souris en retour et pris quelques gorgées.

– Parfait. Demain à 9 h, nous allons quitter Québec. Voici les coordonnées du logement que j'ai loué. Ne les partagez à personne et ne les inscrivez nulle part.

Tout le monde se leva et des petits groupes de discussion se formèrent. Annick se dirigea vers les escaliers et appela Camille pour qu'elle vienne la rejoindre. Karl se fraya un chemin jusqu'à moi. Je relevai les yeux et tentai de lui sourire.

– Finalement, tu ne te débarrasseras pas si facilement de moi, dis-je.

Il me fit une grimace.

– Ce qui se passe à Montréal, reste à Montréal, non?

Je secouai la tête.

– Non, je ne crois pas.

Il soupira et me tendit la main. Je la pris dans la mienne et le suivis vers l'entrée. J'enfilai mes bottes, puis mon manteau avant de fouiller le bas de l'armoire pour retrouver mon sac de sport. J'envoyai une salutation à la ronde et Camille se rua sur moi. Je l'attrapai et la soulevai pour lui faire un câlin. J'eus un pincement au cœur en repensant à notre conversation plus tôt. Elle se tortilla et je la redéposai au sol.

– Je vais venir te voir pendant le congé des fêtes, d'accord?

Elle acquiesça et enfila ses bottes sous les directives de sa mère. Je me dépêchai de suivre Karl dehors pour libérer la place. Sous la lumière du soleil couchant, notre souffle se condensait et formait des volutes spectrales. L'horizon était baigné de jaune, de pêche et d'orange, même s'il était à peine seize heures. Je rejoignis Karl dans le stationnement, accompagnée par le crissement de la neige sous mes bottes. La température était descendue, en même temps que le soleil.

Le moteur de la voiture de Karl ronronnait et son pare-brise dégivrait progressivement sous la chaleur du système de chauffage. Il ouvrit ma portière et je pris place. Je me hâtai de démarrer le moteur et de tourner les boutons du chauffage au maximum. La radio se mit à jouer des cantiques de Noël et je coupai le son. Je levai les yeux vers Karl dont les doigts gantés pianotaient sur le cadre de ma porte. Il me fit un sourire crispé.

— Je suis content que tu viennes à Montréal, mais je suis désolé que Mab t'ait forcé la main.

Je pris une bonne inspiration et tentai de démêler mes propres émotions sur le sujet.

— Elle s'attend sûrement à un pantin facile à manipuler. Si elle est derrière les attaques du mois d'octobre, elle doit être en colère contre toi. Tout ça n'est qu'un plan élaboré pour te nuire.

Il acquiesça, les mâchoires crispées, et je haussai les épaules.

— J'ai bien l'intention de lui faire regretter ses idées préconçues. Je ne sais pas trop comment encore, mais je vais montrer à la communauté surnaturelle que les simples humains ne se laissent pas marcher sur les pieds.

Les lèvres de Karl s'étirèrent en un large sourire.

— Je suis impatient de voir ça.

Il lança un coup d'œil à sa voiture, puis à mon pare-brise avant de reculer d'un pas.

— Je te suis jusqu'à la maison. Il serait de mauvais goût que tes bagages ne soient pas prêts en temps.

J'étouffai un ricanement amusé devant son air faussement offensé et fermai ma portière.

# Chapitre 2

J'allumai mes phares et engageai la voiture sur la route. La température plus douce avait fait fondre la neige sur la chaussée, mais avec le coucher du soleil, cette humidité trompeuse allait certainement se transformer en glace. Karl avait insisté pour que je change mes pneus d'hiver vu leur usure et il avait pris l'initiative d'en acheter avec des crampons d'acier.

Quand j'avais vu le regard approbateur de Christian à la mi-novembre, j'avais cédé le point. Cette victoire ne leur était concédée que pour mieux gagner la prochaine bataille, de toute façon. Je roulai quand même précautionneusement, vu la réputation de la route de Fossambault. Avec le soleil couchant de biais dans mon rétroviseur, la visibilité était bonne et l'éblouissement causé par les reflets sur la neige était minime.

Je pris la sortie d'autoroute et naviguai dans les rues du quartier pour arriver devant notre maison. La plupart de nos voisins avaient décoré pour la saison et le secteur était illuminé de toutes les couleurs. Lorsque j'avais demandé à Alain et Karl où étaient cachées leurs décorations, j'avais eu droit à deux regards vides. J'avais attrapé Alain par la main (Karl devait aller s'entraîner) et nous avions fait une razzia à la quincaillerie.

Installer les guirlandes avait été un jeu d'enfant pour le démon d'air. Son escabeau de bois était toujours positionné au bon endroit et atteignait toujours parfaitement les abords du toit. J'avais donc joué le rôle de la passeuse de guirlande, m'assurant que la corde n'était pas emmêlée et lui passant les pinces pour sécuriser le tout.

J'avais choisi un modèle avec de toutes petites ampoules, colorées de bleu, jaune, vert et rouge. En plus du faîte de la maison, j'avais aussi décoré les deux cèdres qui bordaient l'entrée. J'étais très satisfaite du résultat. Karl avait étudié les décorations avec un regard sceptique puis avait marmonné quelque chose à propos de la facture d'électricité. Alain lui avait envoyé un coup de coude dans les côtes et je n'en avais plus entendu parler.

Au final, je crois qu'Alain avait trouvé l'expérience fort amusante, et elle semblait lui avoir rappelé quelques souvenirs doux-amers. Karl avait été encore plus secoué par la présence du sapin dans le salon, décoré de guirlandes dorées et de boucles rouges. J'avais placé quelques cadeaux décoratifs à la base et j'avais été agréablement surprise lorsqu'Alain y avait ajouté les siens.

Je déverrouillais la porte lorsque la voiture de Karl arriva dans l'entrée. La maison était sombre, hormis pour le sapin que j'avais équipé d'une minuterie. Je fronçai les sourcils à la vue de la masse opaque au pied de l'arbre et allumai la lumière du passage. Trois grands rectangles emballés dans du papier à motif de flocons avaient été posés au sol. Je me tournai vers Karl qui entrait dans la maison et secouait ses bottes pour en retirer la neige.

Je montrai les cadeaux et son regard suivit mon doigt. Son sourire était amplement suffisant comme réponse, mais je posai la question quand même.

– C'est toi qui les as mis là?

– Certainement pas le père Noël. Il serait incapable de passer les cercles de protection.

Je levai les yeux au ciel et me dépêchai d'enlever mes bottes et mon manteau pour aller étudier les paquets. Karl me rejoignit et s'assit dans le divan.

– J'hésitais à te les donner avant de partir.

Je me tournai vers lui, sensible à la note d'inquiétude dans sa voix. Il tenta de sourire, mais l'expression se termina en grimace.

— Si la fin de semaine ne se passait pas comme prévu, j'aimerais bien te les offrir avant. Au cas où.

Je clignai des yeux pour en chasser l'humidité suspecte. Je préférais ne pas m'attarder sur cette éventualité. Les cadeaux en main, je le rejoignis et pris place à ses côtés. Il se tourna et me regarda déballer avec un sourire gamin. La répartition du poids et l'épaisseur du cadeau me faisaient penser à un petit cadre. Mes doutes se confirmèrent en retirant le papier.

Une forêt obscure s'étendait avec une énorme créature à peine perceptible entre les branches. C'était un de mes dessins. Je relevai un regard surpris vers lui. Il pointa les deux autres paquets et j'entrepris de les ouvrir aussi. Les deux autres dessins représentaient aussi la forêt, sous un autre angle.

Le deuxième paysage était éclairé par un soleil levant sur la ligne d'horizon, et les créatures se cachaient dans l'obscurité en marge du dessin. La troisième forêt représentait une éclaircie dans les frondaisons, illuminant le monstre debout entre les arbres, face à une fillette. Je l'avais secrètement nommé « le face-à-face ».

Karl avait pris la peine de faire reproduire les dessins et de les faire encadrer. La structure était large et plate, complètement noire, ce qui contrastait avec la toile blanche. Le résultat était saisissant.

— Je sais que je te les offre en cadeau, mais j'espère que tu seras d'accord pour qu'on les place dans le salon ou encore dans la salle à manger, bien en vue.

Je relevai la tête vers lui. Son regard alterna entre mon visage et les cadres dans mes mains.

– Est-ce que tu les aimes?

Mon visage se fendit d'un sourire comme je sentais une larme couler sur ma joue. Je m'empressai de l'essuyer pour éviter qu'il s'inquiète. Je posai les cadres sur la table basse et l'attrapai par le cou. Il me retourna mon étreinte, ses bras autour de moi. Sa main remonta mon dos et se posa sur ma nuque. Un frisson suivit le chemin de sa paume.

– Je les adore, dis-je.

Je le sentis soupirer de soulagement et ne pus retenir un rire moqueur. Je reculai de quelques centimètres pour voir son visage.

– Étais-tu nerveux à ce point?

Il haussa les épaules, l'air embarrassé.

– Tu n'as jamais exposé aucun de tes dessins. Je ne savais pas si ça te plairait.

C'était à mon tour d'être embarrassée.

– Je n'ai jamais rencontré quelqu'un d'autre qui aimait mes dessins.

Son sourire se fit prédateur.

– Tant pis pour eux. Je les garde tous pour moi.

L'intensité de son regard me faisait douter du sens réel de ses paroles. Mon attention baissa vers ses lèvres. Je plaçai une main sur sa joue, sa peau légèrement rugueuse avec la repousse de fin de journée. Ses yeux se fermèrent à moitié, comme s'il attendait la suite. Ses mains dans mon dos trahissaient ses intentions. Je relevai le menton et il termina le reste du chemin.

Ses lèvres dévorèrent les miennes et je le laissai prendre le contrôle du baiser. Je passai mes doigts dans les cheveux de sa nuque et il resserra les bras autour de mon torse, me plaquant contre lui. La chaleur qu'il dégageait était délicieuse et mes mains trouvèrent leur chemin sous son t-shirt pour sentir le contact de sa peau. Il m'attrapa sous les cuisses et m'embarqua à califourchon sur lui.

Mon souffle se coinça dans ma gorge à la délicieuse friction. Je tirai sur le bas de son chandail et le fis passer par-dessus sa tête. Ses mains suivirent un chemin identique aux miennes, parcourant mon dos, mes côtes puis ma poitrine. Ma tête se renversa vers l'arrière d'elle-même.

Une de ses mains remonta jusqu'à mes cheveux et m'immobilisa tandis que sa bouche parcourait la peau ainsi offerte. Ses lèvres explorèrent mon cou jusqu'à mes mâchoires. Un gémissement torturé m'échappa et il me serra un peu plus fort.

La seule chose qui coupait le silence était le son de nos souffles entremêlés. Jusqu'à ce que mon cellulaire sonne. Karl le sortit de la poche arrière de mon pantalon et me le tendit.

— Éteins-le, ordonna-t-il d'un grondement.

Je clignai des yeux pour rétablir ma vision et pris le cellulaire. Le nom de Marc était affiché sur l'écran. Je fronçai les sourcils, surprise qu'il m'appelle considérant que nous nous étions parlé la veille.

— Je ferais mieux de répondre.

Karl plissa les yeux avant de renverser la tête contre le dossier du divan. Ses mains se posèrent sur ma taille, sa prise légère, mais ferme, un rappel de ce que nous étions en train de faire. Je m'éclaircis la gorge et répondis.

— Ellie, je suis soulagé de te rejoindre, dit la voix de Marc. Je viens de parler à Christian et il m'a annoncé ta participation aux célébrations du Solstice.

Je fis de mon mieux pour rapatrier mes idées éparpillées. J'optai pour la réponse la plus neutre possible.

— Oui, c'est une surprise pour tout le monde.

— Entre le Bonhomme Sept Heures et les Shamans, vous auriez été bien équipés en termes de guérisseurs, mais comme Baptiste ne vous accompagnera pas, Christian pense que ça serait une bonne chose que je te fournisse quelques amulettes de protection.

Les mains de Karl fléchirent sur ma taille et je clignai des yeux pour me concentrer sur les paroles de Marc.

– D'accord, ça me semble une bonne idée.

– Parfait, je pourrais passer chez toi dans une demi-heure.

Karl releva la tête et son regard croisa le mien. Ses lèvres se retroussèrent sur un grondement silencieux et je fus incapable de réprimer mon sourire.

– Est-ce que ça pourrait être demain matin?

– Ce serait mieux ce soir. Certains glyphes ont besoin d'un temps d'activation. Ils en seront d'autant plus efficaces.

– Oh. D'accord.

Karl ouvrit de grands yeux. J'écartai ma main libre en signe d'impuissance.

– On se voit plus tard, alors.

Je le saluai et raccrochai. Karl avait l'air si frustré que je dus pincer les lèvres pour contenir mon amusement. Je penchai la tête et appuyai mon front sur le sien. Au bout d'un moment, il soupira et me serra contre lui.

– Après les célébrations du Solstice, je vais louer un chalet à Stoneham et je t'y enferme pendant une semaine, dit-il. Personne ne pourra venir nous interrompre.

Je lançai un coup d'œil à mon cellulaire.

– Une demi-heure...

Karl secoua la tête.

– J'ai passé l'âge de faire ça à la sauvette.

Je haussai les épaules avec une grimace. Si ma tête était d'accord avec lui, mon corps n'était pas aussi coopératif. Ses mains caressèrent mes hanches et je fermai les yeux. Karl fit courir ses lèvres le long de ma joue et son nez dessina une ligne vers ma clavicule.

Quelqu'un frappa trois coups et la porte d'entrée s'ouvrit. Je me redressai, surprise, et manquai tomber au sol. Karl me retint de justesse et me déposa sur le divan à ses côtés.

— Ça ne peut pas déjà être Marc, grogna-t-il.

— Bonjour, les enfants! dit Alain.

Je plaquai mes mains contre ma bouche pour étouffer mon rire. Karl se releva et chercha son t-shirt du regard. Je me penchai vers le sol et le lui tendit. Alain arriva dans la pièce alors que Karl se le passait sur la tête. Le démon d'air ouvrit de grands yeux et son regard alterna entre les cadres et nous.

— Est-ce que j'interromps quelque chose?

— Oui, dit Karl.

Alain leva un sac en papier brun.

— Mais j'apporte des éclairs et des mille-feuilles. Vous ne pouvez pas m'en vouloir.

Je secouai la tête.

— On a déjà été interrompu de toute façon. Marc va passer pour me donner une chance de survivre à la réunion des Clans et de la Faction.

Alain ouvrit de grands yeux.

— Tu y vas?

J'acquiesçai et me levai. Alain agita le sac et je pointai la cuisine. Hors de question de mettre des miettes partout dans le salon. Nous n'aurions pas la tête à faire du ménage ce soir ni demain matin. Alors que je suivais Alain vers la cuisine, j'entendis Karl grogner.

— Un chalet, vraiment très loin, dans les fins fonds des bois.

Alain m'envoya un regard amusé. Je sentis le rouge me monter aux joues, mais refusai de commenter. Il sembla le deviner et passa à un autre sujet.

– Qu'est-ce qui t'a fait changer d'idée pour Montréal? Ce n'est sûrement pas l'attrait touristique. Québec est bien mieux à ce temps de l'année, avec le petit Champlain et le marché allemand.

Je lui expliquai la demande de Mab, tandis que Karl se joignait à nous. Alain se tapota les lèvres avec un air songeur. J'attrapai un éclair et pris une bouchée. Le goût de la crème pâtissière et du chocolat me fit fermer les yeux de bonheur. J'ignorais où Alain allait chercher ses pâtisseries. Il n'y avait jamais de coupons de caisse ni de signes distinctifs sur le sac. Mais la personne qui cuisinait ces délices savait ce qu'elle faisait.

– Aviez-vous l'intention de... consumer votre union pendant le week-end? demanda Alain.

Je rouvris les yeux et manquai m'étouffer. Karl sourcilla à la question, mais resta silencieux. Le démon reprit avec un sourire en coin.

– Je ne veux pas jouer la cinquième roue du carrosse, mais je crois que, vu les circonstances, je vais vous accompagner.

Karl fronça les sourcils.

– Tu as dit toi-même qu'il y aurait beaucoup trop d'autres démons.

Alain acquiesça et s'affaira à sortir un mille-feuille du sac tandis que Karl échangeait un regard perplexe avec moi.

– Tu as aussi dit que c'était impossible pour toi de jouer le jeu.

Le démon haussa les épaules avant de prendre une énorme bouchée. Je croisai les bras.

– Est-ce que tu viens seulement parce que tu es inquiet pour moi?

Alain mâcha placidement tandis que nous le fixions.

– Nous allons avoir beaucoup de plaisir, dit-il finalement.

Je secouai la tête, amusée, et Karl soupira.

– Garde tes secrets, vieux maniganceur. Ne me demande pas de te sauver la mise quand tu te seras mis à dos la moitié des invités.

Alain se contenta de sourire et de pousser le sac de pâtisserie vers Karl.

# Chapitre 3

Je regardai ma valise à moitié pleine avec lassitude. La soirée d'hier s'était prolongée jusqu'aux petites heures du matin. Marc était arrivé un peu après Alain en compagnie d'une femme mage. Il m'avait expliqué que Magalie serait à même de tracer des glyphes beaucoup plus puissants que lui. Elle m'avait semblé sympathique, mais elle n'avait cessé de lancer des regards suspicieux à Karl.

Assez pour que ce dernier décide d'accompagner Alain à l'étage. J'avais ressenti un certain pincement de regret devant cette méfiance, mais mon lien avec Karl m'avait révélé qu'il n'éprouvait qu'une légère irritation. Soit c'était sa réception habituelle parmi les surnaturels, soit il était réellement imperméable à ce genre d'attitude.

Marc m'avait remis une série d'amulettes à porter contre ma peau. Le collier ressemblait à un ensemble de billes et de breloques. Certaines réagissaient en présence de poison, d'autres signalaient la présence de cercles de pouvoirs. Pendant ce temps, Magalie avait tracé des glyphes sur mes avant-bras. Elle avait utilisé un énorme pinceau enduit d'encre bleue.

J'avais fini avec des marques des poignets aux épaules. Elle avait ensuite pris mes mains dans les siennes et psalmodié pendant près d'une vingtaine de minutes. Au bout d'un moment, mes bras s'étaient illuminés d'une lueur bleutée. Marc m'avait ensuite expliqué comment les activer en retraçant la forme. Il m'avait fait mémoriser la localisation de chaque glyphe et sa fonction. Au final, j'en avais une dizaine avec diverses fonctions, variant de la guérison des blessures mineures à l'augmentation de mes capacités naturelles comme la vitesse ou la vue.

Malgré l'heure tardive à laquelle Marc et Magalie étaient partis, Karl était apparu juste après. Il avait étudié mes bras avec curiosité avant de me chasser vers mon lit devant mes bâillements. Les quelques heures de sommeil suivantes avaient été agitées et j'avais l'impression d'avoir dormi sur la corde à linge. Je soupirai et me tournai vers ma garde-robe.

Ma petite robe noire toute simple devrait faire l'affaire pour la soirée officielle de dimanche. D'ici là, je pourrais sûrement m'en sauver avec des pantalons à coupe droite accompagnés de quelques chemisiers unis. J'ajoutai un ensemble de sport et un pyjama au cas où nous aurions le temps de nous reposer.

J'entendis la porte d'entrée s'ouvrir et se refermer. Quelques secondes plus tard, Karl arriva dans mon cadre de porte, le bout du nez rougi par le froid. Son regard alterna entre moi et ma valise.

– J'ai préparé des tasses de café de voyage. Tu me feras signe quand tes bagages seront prêts et je les mettrai dans le coffre.

J'acquiesçai avant d'attraper ma trousse de toilette pour vérifier que j'avais mon maquillage et mon ensemble de douche de voyage. Le carillon de la porte d'entrée se mit à jouer et Karl se retourna avec un froncement de sourcils. Ça ne pouvait pas être Alain puisqu'il ne sonnait jamais. Karl s'éloigna et je l'entendis ouvrir. La voix de Christian répondit à sa salutation. C'était à mon tour de froncer les sourcils.

Karl se fit l'écho de mes pensées et demanda à Christian la raison de sa présence.

– Ellie va monter avec nous, répondit-il. En cas d'attaque, si vous n'êtes que deux, elle sera vulnérable.

Je me dépêchai de fermer ma valise. Hors de question que je monte dans la minivan de Christian pour passer les trois prochaines heures entourée de Faoladh. Karl et moi n'avions pas eu un seul moment à nous depuis la mi-session. Je sortis de ma chambre comme Alain arrivait sur le palier extérieur.

– Ils ne seront pas seuls, dit-il. Je les accompagne.

Je stoppai net et me mordis la langue. Autant pour moi, nous n'aurions certainement pas la chance de discuter pendant le trajet. Mon regard alterna entre les épaules crispées de Karl et l'air buté de Christian. Comme chef de meute, il était habitué que ses ordres soient écoutés. Même s'il traitait généralement Karl comme un allié, le fait qu'il ait le même âge que Bastien avait tendance à mêler les cartes.

Je m'éclaircis la gorge et agitai une main pour attirer leur attention. Trois regards se posèrent sur moi, trois prédateurs dont l'attitude allait de l'animosité à la provocation. Un frisson me remonta le dos au courant d'air créé par la porte ouverte. Je camouflai mon malaise derrière un haussement de sourcils.

– Vous vous souvenez tous que je suis une adulte avec la liberté de faire mes propres choix. Nous allons rouler en convoi et je serai accompagnée de mes protecteurs habituels. Christian, je suis touchée par ton offre, mais ça ne sera pas nécessaire.

Ses mâchoires se crispèrent, mais il acquiesça avant de pointer par-dessus son épaule.

– Je vous envoie Gill. Il a besoin de discuter avec des jeunes de son âge.

Sur ce, il tourna les talons et alla jusqu'à sa voiture stationnée au bord de la rue.

– Est-ce qu'il vient de me traiter de jeunot? marmonna Alain. Il est trop tôt pour se chamailler.

Le démon enfila une paire de lunettes fumées et passa une main dans ses cheveux artistiquement décoiffés. Chaque fois qu'il devait être actif de jour, il agissait comme si c'était une torture, mais j'étais presque convaincue que c'était du spectacle et que ça n'avait rien à voir avec sa nature de démon.

Karl se tourna vers moi.

– La voiture est chaude, on est prêt à partir.

Je tournai talons et courus jusqu'à la salle de bain pour me brosser les dents. Mes cheveux allaient devoir se contenter d'un rapide chignon. De retour dans ma chambre, j'attrapai ma valise d'une main. De l'autre, je pris la patte de lapin et la plume de l'Oiseau de feu. Si le buckdjeuve se manifestait de temps à autre, la plume quant à elle était restée inerte depuis les événements de l'Action de grâce. Aussi, je ne fus pas très surprise de la sentir légèrement plus chaude qu'à l'habitude.

Les prochains jours s'annonçaient chargés.

Dans l'entrée, Karl mit une main sur ma valise. Tandis qu'il se rendait à l'auto, je me dépêchai d'enfiler mon manteau long et mes bottes hautes. Même si le solstice n'était que dimanche, l'hiver était bel et bien entamé et je refusais d'avoir froid pour une quelconque concession à la mode.

Arrivée à la voiture, je saluai Gill qui attendait, les bras croisés. Il me répondit d'un hochement de tête, la mine lugubre. Son épais duvet venait souligner la largeur de ses épaules. Avec cet air buté, il avait le physique de l'emploi pour être le parfait garde du corps. Je lançai un coup d'œil dans la voiture et vis qu'Alain était déjà assis sur le siège arrière du côté gauche.

Vu sa taille, Gill aurait sûrement préféré s'asseoir à l'avant, mais je le voyais mal passer le voyage à côté de Karl. À ma connaissance, Bastien était probablement le seul Faoladh à avoir réellement pris la peine de se lier d'amitié avec Karl. J'allais ouvrir la bouche pour lui céder la place avant lorsque Karl arriva et m'ouvrit la portière. Je sourcillai, mais ne fis pas de commentaire.

Je pris place et me tournai vers Alain. Il avait appuyé sa tête contre le cadrage de la porte et donnait l'air d'être endormi. Gill monta derrière moi, accompagné d'une bourrasque froide. J'ajustai le chauffage, le temps que l'habitacle reprenne sa température. Karl s'assit de son côté et mit la voiture en marche arrière.

Depuis la minivan, Christian nous fit signe de la main et prit les devants. Karl le suivit dans les rues jusqu'à l'autoroute. Les voitures étaient nombreuses, avec l'arrivée du temps des fêtes et la fin des classes. Beaucoup de gens se préparaient pour le long congé et les célébrations de Noël. Mais le ciel était dégagé et la route serait belle.

Une fois notre vitesse de croisière atteinte, je me tournai vers Gill et haussai un sourcil.

– Christian semble penser que tu as besoin de parler. Est-ce qu'il y a quelque chose que tu veux confesser tout de suite?

Karl se mit à tousser pour camoufler son rire et me lança un regard amusé. Je retroussai le nez. On ne me payait pas pour jouer les psys. Si Christian voulait quelque chose de plus délicat, il aurait dû demander à quelqu'un d'autre. Je reportai mon attention sur Gill. Il avait croisé les bras et secoua la tête à mon intention. Son regard se porta résolument sur le paysage qui défilait de l'autre côté de la fenêtre.

Les champs étaient recouverts de blancs et les branches des arbres étaient encore chargées de neige en l'absence de vent. Le décor était digne d'une carte postale. Je me retournai vers l'avant avec un haussement d'épaules. J'allumai la radio et cherchai une station qui jouait autre chose que des cantiques de Noël. Je finis par me résoudre à brancher mon cellulaire et choisir une liste de lecture que Karl et moi aimions bien écouter.

Je fus récompensé par un sourire et il tendit la main sur ma cuisse, paume vers le haut. Je la serrai entre les deux miennes, réchauffée de l'intérieur. Il s'éclaircit la gorge et me lança un rapide coup d'œil avant de retourner son attention vers l'avant.

— Sarah a proposé qu'on fasse quelque chose pour les fêtes, dit-il.

Je lui souris.

— Ça vous donnera une belle occasion de mieux vous connaître.

— Tu étais incluse dans l'invitation.

J'ouvris la bouche, mais rien n'en sortit. Sarah avait toujours été très gentille avec moi, mais j'ignorais à quel point c'était par respect pour son fils ou parce qu'elle m'appréciait. Après tout, j'étais une simple humaine qui jouait dans la cour des surnaturels. Devant l'air inquiet de Karl, je me repris.

— Avec plaisir. On pourrait la recevoir, essayer de cuisiner un repas traditionnel.

Son sourire me confirma que c'était la réponse qu'il avait espérée. Cuire une dinde ne pouvait pas être bien plus compliqué que de cuire un poulet. En cas de doute, Bridget me fournirait assurément sa recette.

— J'y pense, dis-je. Bridget nous a invités pour le réveillon du Jour de l'An.

Karl haussa un sourcil.

— Nous? Ou toi, et tu as décidé que ça m'incluait?

Je resserrai ma prise sur sa main.

— Est-ce que tu es en train de me dire que tu ne seras pas mon premier baiser de l'année?

Karl plissa les yeux et m'envoya un regard pointu. Je lui répondis par un sourire et il secoua la tête avec un air exaspéré.

— Je t'accompagnerai chez les Faoladh pour le Nouvel An.

– Parfait, je confirmerai avec Bridget.

Le grognement de Gill me parvint depuis l'arrière. Je me tournai dans mon siège pour lui faire face. Son expression était quelque part entre la perplexité et le dégoût.

– Pour quelqu'un qui était impatient de se débarrasser de la meute, tu me sembles bien volontaire de te mêler de nos affaires.

La main de Karl se crispa sous la mienne et je pris une bonne respiration avant de répondre.

– Je croyais qu'indépendance était synonyme de solitude. Les événements de cet automne se sont acharnés à me prouver que j'avais tort.

Gill pinça les lèvres et détourna le regard. J'allais me retourner vers l'avant lorsqu'il prit la parole.

– J'ai demandé la permission à Christian pour devenir un vagabond.

La surprise m'empêcha de répondre. Si les Faoladh partageaient généralement des liens familiaux et que les meutes étaient souvent des clans élargis, il arrivait que certains loups vivent de façon solitaire. J'en avais entendu parler, mais c'était généralement suivi de l'annonce que le loup en question était mort, soit dans des circonstances inconnues, soit dans un incident violent. Comme le silence se prolongeait, je posai la première question qui me passa par la tête.

– Où irais-tu?

Il haussa les épaules.

– Il n'y a pas de vampires en Alberta et la meute la plus près est en Colombie-Britannique.

Je cherchai désespérément une autre question pour poursuivre la conversation lorsque Karl prit la parole.

– Et tu crois que d'être seul t'évitera de porter la responsabilité de la mort de Keiran?

Gill se mit à gronder et j'envoyai un coup de coude dans les côtes à Karl. Il bloqua mon geste sans difficulté et lança un regard au Faoladh dans le rétroviseur.

– Question d'être clair, je ne pense pas que tu sois responsable de la mort de ton ami, mais de toute évidence, tu en es convaincu.

Les épaules de Gill s'affaissèrent et son regard se fixa sur ses poings fermés.

– Tout le monde te l'a répété mille fois, dis-je. Et pourtant, ça ne t'a pas fait changer d'avis.

Il avala péniblement et leva ses yeux vers les miens. Ils étaient secs, mais rougis par toutes ces émotions refoulées.

– On s'est battu, quelques jours avant sa mort.

Je hochai la tête.

– Je m'en souviens. Pour une fille.

– On n'en a jamais reparlé. Il est mort avant qu'on...

Il haussa les épaules, visiblement incapable de terminer la phrase.

– Le syndrome de la tâche inachevée, dis-je.

Il retroussa le nez avec un air perplexe et j'agitai une main en réponse.

– C'est le nom que j'ai donné à ce ressenti. Tu le sais peut-être, Bridget et Christian ont ramassé bien des choses chez mes parents, lorsqu'ils m'ont recueillie. Ils les ont stockées dans des boîtes au sous-sol.

Il hocha la tête, sourcils froncés. Karl m'envoya un rapide coup d'œil, probablement curieux de savoir où je voulais en venir.

– Je les ai ouvertes une fois, quand j'avais douze ans. Je suis tombée sur un carnet que ma mère tenait. C'était une sorte de journal où elle chroniquait mon enfance, mes apprentissages et des anecdotes comiques. La dernière entrée racontait que j'avais piqué une colère terrible. Elle n'expliquait pas clairement le sujet de ma crise, mais elle était plutôt sereine à l'idée qu'on en reparlerait un jour.

Gill cligna des yeux et je vis une humidité suspecte apparaître. La même qui m'obligea à lever les yeux au ciel. J'inspirai et poursuivis avant de manquer de courage.

— Alors, oui, je sais ce que c'est. Parce que depuis ce jour-là, je sais que je ne pourrai jamais en parler avec elle. Et pire, je ne sais pas de quoi il aurait fallu qu'on parle.

Après un moment de silence, Gill secoua la tête avec un rire sans joie.

— Même petite, tu n'as jamais piqué de crises. Je me rappelle avoir entendu Bridget et Christian en parler. Ils se sont longtemps inquiétés pour toi.

Je haussai les épaules, la gorge serrée. Gill soupira et se passa une main sur les yeux.

— Comment est-ce qu'on passe par-dessus ton « syndrome de la tâche inachevée »?

Je retroussai le nez.

— Tu me le diras quand tu auras trouvé.

Gill eut un grognement incrédule et Karl éclata de rire.

— Je ne crois pas que c'était ce que Christian avait en tête quand il nous l'a envoyé.

Je lui tirai la langue.

— Si Gill avait besoin de savoir comment amadouer des créatures surnaturelles plus puissantes que lui, alors j'étais la personne toute désignée. Je n'ai jamais prétendu posséder une quelconque sagesse.

Alain releva ses lunettes fumées sur le dessus de sa tête et me pointa du doigt, son regard sur Gill.

— Annick m'a parlé de la façon dont Ellie agit avec Camille. À quel point elle est patiente. Qu'elle prend le temps d'expliquer les problèmes et les solutions à la petite.

La surprise me fit ouvrir de grands yeux. J'ignorais qu'Alain avait parlé de moi avec Annick. Il m'envoya un sourire amusé avant de poursuivre.

— C'est ainsi qu'Ellie achève sa tâche. En facilitant les relations entre Camille et sa mère.

Alain se pencha vers Gill.

— Ton ami s'est peut-être révélé être un traître, mais dis-toi que quelqu'un a exploité ses vulnérabilités pour changer son allégeance. La tâche que tu dois achever n'est pas de faire la paix avec ton défunt ami. C'est de lui rendre justice en t'assurant que ceux qui ont profité de lui ne profiteront pas des autres.

Gill inspira brusquement et s'agita dans son siège. Je hochai la tête.

— J'aime cette théorie.

Alain remit ses lunettes fumées sur son nez.

— La sagesse, c'est l'avantage de l'âge, les jeunots.

J'échangeai un sourire avec Karl et me retournai vers l'avant.

# Chapitre 4

À l'approche de la rive-sud de l'île de Montréal, la circulation s'était densifiée et nous avions perdu de vue la voiture de Christian. Un message texte avait suffi pour confirmer qu'il n'était pas bien loin. J'étirai le cou pour mieux voir l'horizon.

La ville était recouverte d'une couche de neige fraîche sur chaque toiture et bord de fenêtre. L'énorme dôme de la Biosphère sur l'île Sainte-Hélène était visible et on devinait plus loin derrière la tour du stade olympique. Le centre-ville était facile à reconnaître par le regroupement de tours de bureaux sur notre droite.

Les vampires avaient élu domicile dans le projet de la Place Gare Viger, au nez et à la vue de tous, mais on ne peut mieux camouflés. Christian avait donc loué deux appartements sur Le Plateau-Mont-Royal. À l'origine, chaque membre de la délégation devait avoir une chambre, mais vu ma présence et celle d'Alain, il faudrait revoir la répartition des lits.

Karl prit la sortie d'autoroute et suivit les indications du GPS dans les rues étroites. Les bâtiments étaient tous collés les uns aux autres, trois étages de haut, avec des boutiques au rez-de-chaussée. Des escaliers en métal permettaient d'accéder aux logements supérieurs. Certaines devantures avaient été revampées avec un style moderne, d'autres affichaient des couleurs criardes, alternant du jaune au rouge en passant par le mauve.

Je reconnus la minivan de Christian devant nous alors qu'il s'engageait dans une ruelle étroite. La voiture s'immobilisa derrière l'édifice et Bryan en sortit. Une clôture de fer forgé noire délimitait un stationnement privé. Je tirai sur ma ceinture pour me pencher et mieux voir les environs. Il entra un code sur le pavé numérique et la grille se rétracta pour nous laisser passer. Derrière nous, Bryan activa le mécanisme et la barrière reprit sa place avec un claquement métallique.

Une fois la voiture immobilisée, je remontai la fermeture éclair mon manteau et sortis avec un grognement de soulagement. Le froid me fit frissonner après la chaleur de l'habitacle, mais j'étais contente de me dégourdir les jambes. Nous étions arrêtés à Drummondville pour une pause, mais avec le trafic, le trajet avait pris plus de trois heures. Je m'étirai de tout mon long et tournai sur moi-même pour observer l'endroit.

Nous étions dans une sorte de cour intérieure, entourée de balcons de toutes parts. Certains avaient été fermés avec des toiles pour l'hiver, d'autres abritaient des vélos et des barbecues au propane dissimulés sous des housses protectrices. Bryan passa à proximité et me sourit.

– Attention à la hère.

Je fronçai les sourcils. La légende de la bête à grand'queue se passait toujours dans le nord. Et aucune de ces créatures n'était membre des Clans ou de la Faction. J'avais toujours cru que c'était bel et bien un cas de véritable créature légendaire.

– Y en a-t-il vraiment en ville?

Alain secoua la tête.

– Elles hivernent.

J'ouvris de grands yeux à l'idée qu'il existait vraiment un monstre possédant une queue de deux mètres de long. Devant le sourire amusé des deux hommes, je secouai la tête et sortis ma valise du coffre. Je n'allais certainement pas faire les frais de leur humour douteux. Christian pointa les escaliers du doigt.

– On va prendre le deuxième étage puisqu'il a trois chambres et que nous sommes cinq. L'appartement du troisième a deux chambres et probablement un divan-lit.

Karl prit la clé que Christian lui tendait et je le suivis dans les escaliers. Gill était déjà sur le palier d'en haut. Au moment où Karl posa la main sur la rambarde, un frisson me remonta la colonne vertébrale, comme si des yeux s'étaient posés sur ma nuque. Je lançai un regard à la ronde, mais nous étions les seuls occupants de la cour intérieure.

Parmi les voitures, Christian sortait des bagages avec Rian. Sorcha discutait avec Bryan et Alain. Je reportai mon attention vers l'avant. Karl s'était arrêté aux côtés de Gill et inspectait les environs, comme moi. Nos regards se croisèrent et il fronça les sourcils. Je pouvais sentir que quelque chose le dérangeait, mais sa frustration me disait qu'il était inutile de lui demander quoi, car il aurait été incapable de répondre.

Je posai une main sur la rampe avec précaution, mais rien de se produisit. Arrivée au palier, mes bras et mes jambes se recouvrirent de chair de poule et je me secouai pour chasser la sensation. Gill inséra la clé dans la serrure et la tourna avant de mettre la main sur la poignée.

Son bras se raidit et ses épaules se contractèrent. Je reculai d'un pas, surprise. Karl prit une position défensive et un claquement se fit entendre, suivi d'une odeur sulfureuse. Je relevai mon foulard sur mon nez et m'éloignai. Gill lâcha la poignée avec un grognement puis recula jusqu'à la rambarde. Sa paume fumait dans l'air froid. J'ignorai ce qui l'avait blessé, mais vu la capacité de guérison des loups-garous, ce devait être vilain. Il se tourna et vomit au-dessus du vide avant de se laisser glisser au sol.

Attiré par le bruit, Christian monta les marches deux par deux. Il s'agenouilla aux côtés de Gill et étudia sa main sans y toucher. J'entendis Karl jurer et me tournai vers lui. Mon regard s'arrêta sur la porte où un dessin était apparu.

– Qu'est-ce que c'est?

Je fis un pas pour mieux voir, mais une main sur mon coude m'arrêta. Je me tournai pour voir Alain qui secouait la tête.

– Une malédiction.

Je reportai mon attention sur la porte et sortis mon cellulaire pour la prendre photo. Une fois satisfaite par le cliché, je grossis la résolution et étudiai les étranges lignes. Le cercle extérieur luisait d'une couleur orangée et l'intérieur était constitué d'une collection de ronds plus petits. Chacun d'entre eux contenait des symboles différents. Leur intensité variait du jaune au rouge. Je relevai la tête vers la porte pour réaliser que le dessin commençait à s'estomper.

Gill gronda, toujours à genoux, et Christian releva les yeux vers nous.

– Que s'est-il passé?

Karl pointa la porte du menton.

– En montant les marches, j'ai eu un drôle de pressentiment. Gill aussi. On a fait le tour du balcon, mais en l'absence de signes concrets, il a décidé d'inspecter l'intérieur. Le glyphe s'est activé lorsqu'il a touché la poignée.

Christian tendit la main vers mon cellulaire et je le lui remis. Il étudia l'écran avant de secouer la tête.

– Je n'ai jamais rien vu de semblable, sauf en photo. Alain, tu t'y connais sûrement plus que moi.

Le démon se frotta la nuque.

– Les sorcières préfèrent les grands centres urbains et je n'en suis pas fan. Mais le dernier coven a été chassé de Montréal il y a bien longtemps.

Il haussa les épaules devant le regard songeur de Christian.

– Je sais qu'on peut identifier l'origine d'une sorcière par sa technique, mais j'en serais incapable. Il faudrait poser des questions à ceux qui en savent plus. Mais est-ce qu'on veut vraiment annoncer à tout le monde qu'un de nos membres est victime d'une malédiction?

La voix rauque de Gill me prit par surprise. Il était toujours prostré, un bras passé en travers de son ventre, comme s'il était incapable de se redresser.

– Il va bien falloir, pour m'en débarrasser. Ça brûle de l'intérieur comme une mauvaise bouteille de whisky.

Alain se tourna vers Karl.

– Essaie d'utiliser le froid pour stopper la malédiction...

Les mots qu'il n'avait pas dits résonnaient dans le silence. « Avant qu'il ne soit trop tard. » Karl haussa un sourcil interrogateur à l'intention de Christian et ce dernier acquiesça. Il avança jusqu'à Gill, sa présence prenant de l'ampleur à chaque pas. Sans que sa forme change, ses yeux prirent une teinte rougeâtre et la lumière s'amenuisa autour de lui.

Le froid se fit encore plus mordant alors qu'il s'agenouillait pour prendre la main de Gill. La paume était rouge et la peau avait pris une teinte malsaine tout autour. Karl ouvrit la bouche et une vague de froid se répandit devant lui. Gill montra les dents et Christian posa une main sur sa nuque pour l'aider à garder son calme.

Au contact de la magie de Karl, la main du Faoladh reprit une couleur un peu plus naturelle. Il agita les doigts avec un soupir de soulagement et il se redressa enfin. Son regard croisa celui de Karl et il le remercia d'un hochement de tête. Karl se releva et sa présence reprit sa qualité habituelle, ni plus ni moins que celle d'un jeune homme, sûr de lui et de ses capacités.

Alain étudia la porte où ne subsistait plus aucune trace de la malédiction.

– Qui était au courant de notre destination?

Christian secoua la tête et aida Gill à se remettre sur pied. Bryan lui passa une main sous le coude lorsqu'il chancela.

– Seulement des loups et des alliés de la meute.

Alain écarta les bras.

– Ce genre de tracé ne se fait pas si rapidement, et il ne dure pas longtemps non plus. Quelqu'un a été mis au courant de notre destination hier soir.

Sorcha descendit de l'escalier qui menait au dernier étage.

– La porte d'en haut me donne la chair de poule. Je suis presque sûre qu'elle est piégée aussi.

– On ne peut pas rester ici, dis-je.

Christian acquiesça en se passant une main sur la bouche.

– Je n'aime pas l'idée d'avoir des sorcières hostiles à nos trousses.

Alain leva une main.

– Ou des imitateurs. Les mages peuvent obtenir un résultat semblable, quoique pas aussi efficace, dit-il avec un coup d'œil vers la main de Gill. Une puissante enchanteresse Fae pourrait sûrement y arriver aussi.

Rian croisa les bras.

– On fait quoi? On trouve un autre endroit? On n'aura jamais le temps de le sécuriser avant de devoir rejoindre les autres.

Je considérai les prédateurs assemblés autour de moi. Ils avaient tellement l'habitude de jouer de force les uns avec les autres, qu'ils en oubliaient les stratégies les plus simples.

– Les vampires ont bien offert de vous héberger, n'est-ce pas?

Christian fronça les sourcils et se tourna vers moi. J'écartai les mains.

– En tant qu'hôte, ils doivent assurer notre protection. Sinon, ils risquent des représailles de la part des autres groupes.

Rian secoua la tête.

– Je ne ferai assurément pas confiance aux vampires. Et si c'étaient eux qui voulaient nous forcer la main?

– Il n'est pas question de leur faire confiance, répondit Karl. Soit on a affaire à un nouveau joueur ou aux mages renégats. La deuxième option me semble peu probable vu la débâcle en octobre. Leur objectif est donc sûrement de nous prendre à revers, seuls, loin de nos alliés.

Les lèvres de Christian s'étirèrent en un lent sourire.

– Alors on agit de façon contraire à nos habitudes; on accepte l'invitation de Félicitée et on prend tout le monde par surprise.

Son regard fit le tour du balcon; Sorcha et Bryan acquiescèrent leur accord. Gill avait encore le teint pâle et la conversation semblait bien loin de ses préoccupations. Rian retroussa le nez.

– Je pense qu'on devrait rentrer à la maison et leur dire de se débrouiller seuls.

Karl montra les dents, son expression plus proche d'une menace que d'un sourire.

– Je ne laisserai pas mère témoigner seule.

– Bien sûr que non, intervint Christian. Remballez vos affaires, j'appelle Félicitée.

## Chapitre 5

Je me penchai pour voir la gare en entier tandis que la voiture passait devant l'énorme édifice.

– Et personne ne s'est jamais douté de la présence des vampires?

Une affiche au coin de la rue annonçait le Projet Gare Viger, avec une projection des plans surimposés à la structure actuelle. Le bâtiment occupait tout l'espace d'une intersection à l'autre.

Alain se pencha entre les deux sièges et suivit la direction de mon regard.

– Les projets de rénovation traînent depuis au moins 2006. Les changements d'investisseurs ont été tellement fréquents que les gens ont perdu le fil. Les vampires ont payé bien des gens pour qu'ils fassent traîner les choses et qu'ils brouillent les pistes.

La façade ressemblait à celle d'un château, avec un mélange de briques grises et ocre, de grandes fenêtres à carreaux aux deux premiers étages et des tourelles encadrées de pignons aux étages supérieurs. Le faîte et les coins étaient d'un vert criard, probablement du cuivre verdi par le temps et les intempéries. L'avant était bordé d'une série d'arbres, dont les branches ornées de lumières pour la saison.

– Je croyais que leur nid était l'endroit où nous avons sorti Marc, dis-je.

Karl acquiesça, son regard sur la rue.

– Ils ont plusieurs nids, principalement pour garder leurs donneurs et pour interagir avec les humains et les autres créatures surnaturelles. Christian a comparé la Gare Viger à une sorte de centre communautaire, un endroit où tous les membres du nid peuvent se retrouver loin des regards indiscrets.

Je me gardai bien de commenter. L'idée qu'il y avait assez de vampires en ville pour nécessiter un aussi gros lieu de rassemblement avait quelque chose de terrifiant. Karl tourna sur la rue suivante et l'arrière du bâtiment se dévoila, bien différent de l'avant. Un immense stationnement occupait tout l'espace avec un bâtiment au style industriel de trois étages, perpendiculaire à la gare. Une infime partie de l'espace était occupé par des voitures et j'en comptais au moins une trentaine. Karl s'arrêta devant les portes doubles où attendait un homme au long manteau de feutre noir.

Je sortis avec circonspection, mon regard alternant entre le portier et l'architecture du bâtiment. Il s'inclina à partir de la taille, les mains aux côtés. Ses joues étaient rosies par le froid et son souffle se condensait devant lui. Comme le soleil était encore visible dans le ciel, ça ne pouvait pas être un vampire. Restait à savoir si c'était une marionnette ou un autre type de créature surnaturelle.

– Madame, messieurs, bienvenue à la Gare Viger, dit-il. Allez-vous avoir besoin d'un chariot pour vos bagages?

J'acquiesçai et le remerciai poliment. Alain fit le tour de la voiture et vint me rejoindre sur le trottoir. Il leva les yeux vers l'édifice.

– Ils n'ont pas tout à faire réussi.

– Réussi quoi?

– Ils ont dit que les architectes s'étaient inspirés des châteaux de la Loire, en France.

Il secoua la tête.

– Ce n'est pas tout à fait ça, termina-t-il.

Je pivotai sur moi-même pour évaluer le secteur. Je n'y connaissais rien en château, mais comparativement au reste du quartier, la Gare ressortait du lot. Malgré son nom, elle était en réalité plus près d'un hôtel, d'autant que les voies ferrées avaient été déplacées et n'étaient nulle part en vue.

– L'effet est réussi, en tout cas, dis-je.

Le portier revint avec un chariot et je reculai d'un pas pour qu'il puisse l'approcher de la voiture. Gill sortit péniblement tandis qu'Alain et Karl s'occupaient des bagages. Le portier s'éloigna pour accueillir Christian qui venait de se stationner derrière nous. Une fois tout le monde prêt, il nous fit signe de le suivre et ouvrit les portes pour nous faire passer dans un vestibule au plancher de béton poli et aux murs complètement blancs.

De chaque côté, des portes vitrées donnaient sur des galeries fenestrées où s'alignaient des petites tables bistro et des fauteuils. Le portier nous fit passer sous l'arche devant nous et le décor changea du tout au tout. Nous étions au cœur de la Gare, dans un énorme atrium donnant sur la façade avant.

Le plafond était bien à trois étages de haut et les murs étaient tout en pierre grise avec des effets de colonnades et de moulures. Les fenêtres de la façade avaient été colorées et des éclats de jaunes et de rouges cascadaient sur le plancher. Le sol était une énorme mosaïque de tuiles qui suivait la forme hexagonale de la pièce.

Un mouvement attira mon attention sur une porte de côté. Une femme à la peau brune avec des reflets acajou se dirigeait vers nous. Elle était grande et élancée, vêtue d'une longue robe de velours noir. Le tissu était fendu presque jusqu'au haut de la cuisse. Ses cheveux avaient été relevés dans un chignon serré et son maquillage doré soulignait ses yeux noirs. Je fus saisie par l'impression d'être devant une panthère. La femme s'arrêta à notre hauteur alors que Christian s'interposait entre elle et nous. Elle inclina la tête en guise de salut.

– Je suis Jalia, votre hôtesse pour ce soir. Veuillez me suivre.

Elle écarta une main avec un sourire plaisant, mais ses lèvres découvrirent une dentition légèrement trop pointue. Sans être un vampire, elle était assurément un prédateur. Un frisson me remonta la colonne et j'avalai péniblement.

Venir ici avait probablement été la pire erreur de ma vie. Je pouvais voir mes chances de survivre au weekend s'évaporer. Une chaleur envahit ma poitrine et je me tournai vers Karl pour voir son regard posé sur moi. Il arqua un sourcil et je pris une bonne inspiration. Entre lui et les Faoladh, j'étais bien entourée. Je lui envoyai un sourire de remerciement pour son encouragement silencieux et emboîtai le pas aux Faoladh. Alain me fit signe de passer devant lui et le grincement des roues me signala qu'il était juste derrière.

Jalia nous fit prendre le couloir à gauche de l'atrium. Les murs étaient d'un blanc pur interrompu par de lourds rideaux à plis français à chaque fenêtre. Des consoles décoraient l'endroit à intervalles réguliers avec des vases ou de petites statues. Notre guide s'arrêta finalement devant les portes argentées d'un ascenseur et enfonça le bouton d'appel. Elle croisa les mains devant elle et se tourna pour nous faire face.

– Est-ce votre première visite à la Gare Viger?

Christian secoua la tête, visiblement peu enclin à faire la conversation, mais Jalia dut surprendre mon regard curieux sur le décor. Ses yeux prirent une lueur amusée.

– Inutile de vous prévenir que les deux bâtiments de la gare font près de cent cinquante mille pieds carrés en superficie. On est vite perdu et des appels à l'aide risqueraient de passer inaperçus, surtout avec les célébrations en cours.

Je pinçai les lèvres devant cet avertissement à peine voilé. Karl lui rendit son sourire.

– Quel sage conseil. Ellie m'a déjà sorti d'un traquenard, il serait de mauvais goût qu'elle doive le faire à nouveau.

Le coin des yeux de Jalia se plissa, mais elle conserva son expression agréable. L'avertissement de Karl manquait tout autant de subtilité. Les portes de l'ascenseur coulissèrent finalement avec un chuintement. L'espace était assez grand pour permettre aux deux chariots d'embarquer. Jalia se posta près du panneau de contrôle et Sorcha se plaça à ma gauche tandis que Karl prenait l'autre côté.

J'offris un sourire ingénu à Jalia alors qu'elle observait la chorégraphie si bien orchestrée de mes protecteurs. Une secousse à peine perceptible signala le départ de la cabine et je fixai les chiffres sur le panneau tout en contrôlant ma respiration. Après les échanges sur ma sécurité, ce n'était pas le moment d'agir comme une proie effarouchée.

Les portes de l'ascenseur se rouvrirent finalement sur un corridor au tapis bordeaux. Jalia sortit la première et prit encore à gauche vers l'extrémité de l'aile. Le bout du corridor se terminait sur une série de portes en bois rouge foncé. Elle sortit un trousseau pour déverrouiller la dernière porte puis tendit à Christian une série d'anneaux argentés avec des clés. Elle poussa le battant et entra dans la pièce.

– La suite compte quatre chambres avec salle de bain attenante. L'aire commune vous permettra de préparer des repas sommaires. Vous pouvez passer commande en cuisine pour quelque chose de plus complexe.

J'avançai dans la pièce à la suite de Sorcha et pris soin de rester loin de Jalia. Ici aussi, le sol était en béton poli. Le plafond était un mélange de poutrelles de métal et de tuyaux industriels. Dans un total contraste, le centre de la pièce était occupé par un énorme tapis au motif oriental gris et bleu royal. Des sofas et des consoles y étaient installés en cercle, délimitant l'espace du salon. Le mur d'un côté était occupé par un petit comptoir en acier inoxydable et une cuisinette.

Une porte ouverte menait vers une pièce au plancher en marbre blanc strié de gris, visiblement la salle de bain principale. Les quatre autres portes étaient fermées. Jalia expliqua comment la contacter par le biais du téléphone fixe et quitta la suite. Je relâchai mon souffle.

Gill grimaça et se laissa tomber dans un des fauteuils. Je me tournai pour voir qu'Alain avait déjà ouvert les deux portes du côté droit. Chaque chambre était occupée par un énorme lit sur une base rétro avec un cadre en tubes de métal noir. Je revins sur mes pas pour récupérer ma valise tandis que Christian pointait les portes.

– Je partagerai une chambre avec Gill, au cas où il lui serait difficile de contrôler son loup, dit-il. Mesdames, je vous laisse le premier choix.

Je croisai le regard de Sorcha et ses yeux pétillèrent d'amusement. Le rouge me monta aux joues à l'idée qu'elle avait deviné la nature de mes pensées. Je m'éclaircis la gorge.

– Je préférerais partager une chambre avec Karl.

Sorcha agita une main lorsque Christian fit mine de protester.

– Je dormirai avec Rian. Il est beaucoup plus divertissant au lit, de toute façon.

Elle m'envoya un clin d'œil et se dirigea vers une des portes du côté opposé. Rian haussa les épaules et la suivit après avoir lancé un regard amusé à son chef de meute. Christian soupira et nous fit signe de nous installer.

– Le cocktail de bienvenue est à 18 h. Reposez-vous un peu. On fera le point dans une heure.

Je tournai les talons et me dirigeai vers une des portes qu'Alain avait ouvertes. Je pouvais sentir l'amusement de Karl tourbillonner juste derrière moi. J'étais soulagée que Christian n'ait pas insisté. Peut-être qu'il commençait à voir l'intérêt de respecter mes limites.

Comme les deux chambres étaient semblables, je me tournai vers Alain. Il pointa celle sans fenêtre et y entra. J'entrai dans l'autre et fis le tour de la pièce. Le mur mitoyen avec l'aire commune était occupé par une énorme penderie sur pied d'un bleu vif avec des poignées en laiton. Combiné au sol en béton, les tuyaux au plafond et l'ameublement, l'ensemble aurait dû être éclectique. Mais j'y voyais une certaine harmonie.

La salle de bain attenante était plus petite que celle dans l'aire commune, mais c'était relatif puisqu'elle devait faire le double de la taille de celle que nous avions à la maison. Une énorme douche en céramique occupait tout le fond de la pièce, aux côtés d'un comptoir avec deux éviers. Je revins vers le lit où Karl avait déposé nos valises pour sortir ma robe avant de la suspendre et placer mon ensemble de ce soir sur le lit. Karl fit de même et je pris la direction de la salle de bain avec ma trousse.

Les boutons et les contrôles de la douche me prirent un petit moment à comprendre, mais je parvins finalement à trouver un mode qui ressemblait à une douche normale. Je laissai l'eau chaude chasser mes inquiétudes et me concentrai sur mes préparatifs.

# Chapitre 6

À ma sortie de la salle de bain, la chambre était dans la pénombre, les rideaux presque complètement tirés pour cacher les lumières du Vieux-Port. Karl était étendu sur le lit, les mains sous sa tête, déjà prêt pour la réception de ce soir. Il rouvrit les yeux à mon approche et me suivit du regard. Je replaçai ma trousse et grimpai à ses côtés. Il étira un bras et je posai ma tête dans le creux de son épaule, ma main sur son ventre, soulevée par le rythme régulier de sa respiration.

Des bruits étouffés nous parvenaient du salon, mais rien de perceptible. Si nous parlions à voix basse, les autres ne pourraient pas nous entendre. Ma main suivit d'elle-même la ligne des boutons de la chemise de Karl. Mais c'était plutôt un geste de réconfort que de désir, car je pouvais sentir son agitation à la limite de ma perception. Je relevai les yeux vers les siens, mais il fixait le plafond, les sourcils froncés.

— Si quelque chose devait t'arriver, je les massacrerais tous.

Il croisa mon regard et la crispation de sa mâchoire témoignait de son état d'esprit. Je ne me faisais pas d'illusion sur sa réelle nature, mais j'étais bien placée pour savoir qu'il faisait de son mieux pour réconcilier ses besoins avec son sens moral. Je haussai un sourcil moqueur.

— Je crois me rappeler que c'est toi qui tentais de me convaincre que j'étais douée pour survivre.

J'étais loin de ressentir la bravade de mes paroles, mais je fus récompensée par le sourire qui étira ses lèvres dans la pénombre. Il secoua la tête et son expression redevint sérieuse.

— C'est une chose d'être entouré par le danger, ça en est une autre d'être la cible d'un groupe hostile.

Je fis tourner ses paroles dans ma tête et considérai la façon dont je voulais lui répondre. Mes efforts des derniers mois avaient visé à faire comprendre à mon entourage surnaturel que je pouvais prendre soin de ma sécurité, que je ferais appel à eux en cas de besoin et qu'en retour, ils devaient me faire confiance.

— Je suis entourée de chasseurs. J'ai confiance dans le fait que vous allez traquer et attraper cette proie. Pendant ce temps, j'occuperai l'attention de Mab pour vous laisser le champ libre.

Notre lien cessa de vibrer et se détendit. Karl acquiesça et une lueur d'anticipation traversa son regard.

— C'est un bon plan. Garde Alain ou un des Faoladh à tes côtés quand je n'y suis pas.

J'acquiesçai avec facilité, peu tentée par l'idée de me retrouver face à des vampires ou des Faes sans renfort. Karl relâcha son souffle et me serra contre lui. Ses bras m'enveloppèrent et mon oreille se retrouva au-dessus de son cœur. Je fermai les yeux, bercée par les battements forts et réguliers.

Mes épaules se détendirent, comme sous l'effet d'une couverture lestée. J'inspirai profondément et l'odeur boisée que j'associais à Karl m'électrisa, remplaçant ma léthargie par un autre type de tension. Les mains de Karl descendirent vers ma taille et un frisson me traversa le bas du dos.

Trois coups sur la porte le firent grogner. J'étouffai un rire et me relevai sur un coude.

— Mise au point dans quinze minutes, dit la voix de Bryan au travers de la porte.

Je me tournai vers Karl pour le taquiner et ses lèvres entrèrent en contact avec les miennes. C'était un baiser bref, mais intense; une promesse de ce qui était à venir. Un fourmillement me remonta des pieds à la tête et je roulai pour m'éloigner avant que les choses ne dégénèrent.

J'allumai la lampe de chevet et vérifiai que mon chemisier n'était pas trop fripé. Karl attrapa un veston sport qu'il enfila par-dessus sa chemise blanche. Il se tourna vers moi et étudia mon ensemble. Un sourire étira ses lèvres.

– Nos ensembles sont accordés.

Je baissai les yeux vers nos pantalons du même gris. Mes souliers à talons plats étaient en cuir noir comme les siens. Je relevai les yeux avec un sourire amusé, mais son expression pensive me fit hésiter. Il s'éclaircit la gorge.

– As-tu des accessoires, des bijoux?

J'avais dissimulé les amulettes de Marc dans ma ceinture. Je secouai la tête avant de repenser à mes boucles d'oreilles et d'y porter la main.

– Juste ces pendants.

Il se tourna et ouvrit la fermeture éclair de son sac. J'avançai d'un pas, curieuse. Il en sortit une boîte plate en velours vert foncé.

– Ma mère me les a donnés, pour toi.

Le couvercle s'ouvrit avec un couinement. Sur l'écrin, un rang de perles blanches luisait dans la semi-obscurité. Une paire de boucles d'oreilles assorties reposait au centre. J'ouvris de grands yeux et tendis une main. La fabrication était toute simple, sans fioriture, mais il devait y avoir une petite fortune en perles. Elles n'étaient pas bien grosses, mais elles étaient parfaitement rondes avec une teinte rosée.

– Elles sont magnifiques. J'imagine que je devrais les garder pour demain soir.

Karl pinça les lèvres.

– Sarah m'a dit qu'elle aurait autre chose à te proposer pour demain soir.

Je fronçai les sourcils. Même si j'aimais beaucoup Sarah, je n'étais pas très à l'aise d'accepter ces cadeaux. Mais elle avait probablement plus de cinq cents ans et elle était née à une époque où les mœurs étaient différentes. Les paroles de Karl confirmèrent mes soupçons.

– Elle m'a dit que ce serait un signe de patronage de sa part; qu'elle approuve notre relation et que tu es sous sa protection. Tu peux les voir comme une amulette supplémentaire, si tu préfères.

Je soupirai, vaincue.

– Je mentirais si je te disais que je ne meure pas d'envie de les porter.

Karl sourit et déposa la boîte avant de prendre le collier dans ses mains. J'attrapai mes cheveux et dégageai ma nuque. Il se glissa derrière moi et plaça le rang de perles. Elles étaient plus légères que je ne l'aurais cru et leur contact était soyeux contre ma peau. Je retirai mes boucles d'oreilles et pris celles que Karl me tendait. Il jeta un coup d'œil à sa montre-bracelet avant de se diriger vers la porte. La main sur la poignée, il me sourit.

– Tu es ravissante.

Je sentis le rouge me monter aux joues et le remerciai. Il ouvrit la porte et je pris une profonde inspiration pour affronter ce qui allait suivre. Les autres étaient déjà au salon, des tasses à la main. J'attrapai la patte de lapin pour le mettre avec mes amulettes et je suivis Karl. Christian pointa le coin cuisine.

– Il y a du café fraîchement coulé, et des barres d'énergie si vous avez faim.

Karl me précéda au comptoir pour remplir deux tasses et j'attrapai une des barres. On nous avait informés qu'il y aurait des bouchées au cocktail, mais je n'étais pas sûr que l'occasion se prêterait vraiment à manger. Il me tendit une tasse et je le remerciai d'un sourire. Je revins vers le salon et pris place sur le divan encore libre. Christian s'avança sur le bout de son siège.

– Certains d'entre vous ont été préparés en long et en large pour les événements qui vont suivre. Pour les autres, je veux qu'on soit sur la même longueur d'onde.

Son regard se posa sur Alain et moi. J'acquiesçai silencieusement, la bouche trop pleine pour parler. Christian croisa les mains devant lui.

– L'objectif officiel des prochains jours est de s'assurer que Sarah puisse témoigner, que les coupables soient appréhendés et menés devant le Roi-Mage. Nikolaj a demandé la présence de Jörmun expressément pour cette raison.

La bouchée de céréales et de fruits séchés me colla au palais à ces paroles. J'avais rencontré le dragon à deux reprises, et chaque fois, il m'avait fait l'impression d'être capricieux et violent. Je terminai ma bouchée tant bien que mal, résolue à rester loin de lui pour la durée des célébrations. Christian poursuivit.

– Personnellement, mon objectif est de m'assurer de la loyauté des Clans et de convertir d'autres membres de la Faction à notre projet. Les vampires sont loyaux à la Couronne, mais on peut sûrement trouver un terrain d'entente.

Bryan hocha la tête et reprit.

– Certains nobles Faes ont montré une ouverture à se dissocier de la position de Mab. Si elle perd son trône au terme des célébrations du Solstice, on pourra essayer de travailler avec son remplaçant. Je vais essayer de développer des contacts en ce sens.

Sorcha se tourna vers moi.

– Je serai dédiée à ta sécurité. Je m'attends à ce que plusieurs surnaturels fassent de leur mieux pour t'isoler de Karl. On devra veiller à ce que tu ne sois jamais seule. Par pitié, ne me rends pas la tâche plus compliquée.

Mon dos se raidit et je hochai la tête. Mon imagination me fournissait des images de prédateurs me tournant autour telle une gazelle blessée au point d'eau. Christian s'était toujours assuré que je reste loin du feu de l'action, et je lui en étais reconnaissante. J'appréhendais de me retrouver au centre d'un conflit, même si Sorcha semblait penser que j'allais volontairement m'y jeter tête première. Christian se tourna vers Rian.

– Tu devras rester avec Gill. On ne sait pas comment la malédiction va évoluer. Karl semble avoir réussi à la stabiliser, mais je ne veux pas le laisser seul.

Gill ferma les yeux, les mâchoires crispées. Mon cœur se serra pour lui, mais la seule chose que je pouvais faire pour aider son état, c'était de laisser les autres jouer leur rôle. Christian jeta un coup d'œil à l'horloge et nous fit signe de nous préparer.

Alain s'avança vers moi et tendit une main vers le rang de perles à mon cou. Ses doigts s'arrêtèrent à quelques centimètres, suspendus dans les airs, puis ses lèvres s'étirèrent en un sourire et sa main retomba à ses côtés.

– Elles te vont bien. Tu me rappelleras de te raconter leur histoire, un de ces quatre.

Je haussai les sourcils, surprise. Comme Sarah me les avait offertes et qu'Alain semblait amusé, cette histoire devait être plus divertissante qu'horrifiante. La main de Karl dans mon dos me ramena au présent et je le suivis vers le corridor.

# Chapitre 7

Dehors, le soleil était couché depuis un moment et le ciel était illuminé du jaune des lumières de la ville. Un peu plus loin dans le corridor, un homme tout en noir nous attendait. Mon cœur se mit à battre à toute vitesse en pensant que c'était le Chevalier noir, jusqu'à ce que je remarque ses traits.

Les yeux étaient un peu trop effilés et sa peau était plus foncée avec des cheveux noirs typiquement asiatiques. Il portait un pourpoint aux boutons argentés par-dessus une chemise d'un gris si foncé qu'il paraissait presque noir. Le pourpoint était orné de petites épaulettes et finissait en pointe à sa taille, soulignant sa stature délicate. Il inclina la tête pour nous saluer, les mains à ses côtés.

– Je suis Ichiro, le second de Félicitée. Elle m'a demandé de vous souhaiter la bienvenue en son nom et de vous escorter aux festivités de ce soir.

Christian le remercia et le rejoignit à l'avant de notre groupe. Ichiro tourna les talons et ajusta son pas à celui de Christian, les mains croisées dans le dos.

– J'ai cru comprendre que votre hébergement initial ne s'est pas révélé à la hauteur de vos attentes.

– Nous avons eu des inquiétudes au sujet de la sécurité des lieux, répondit Christian sur un ton neutre. Quelqu'un m'a rappelé que notre hôte serait la plus à même à assurer notre paix d'esprit. J'imagine que cette décision de dernière minute vous a causé bien des soucis.

Ichiro tourna la tête et sourit en réponse aux propos de Christian. Ses canines un peu trop affilées firent leur apparition et je réprimai un frisson d'inquiétude.

– Aucun souci, dit le vampire. La Gare ne possède plus autant de chambres qu'à l'époque, mais nous en avons amplement pour l'occasion. Ma maîtresse est flattée par cette marque de confiance.

Je m'efforçai de garder une expression sereine, mais la conversation me semblait truffée de sous-entendus et de menaces. J'avais peine à imaginer comment j'allais survivre aux prochains jours. La meilleure option serait probablement de garder le silence. Je lançai un regard à Sorcha par-dessus mon épaule et elle me fit un clin d'œil, probablement amusée par ma détresse. Je retroussai le nez avant de reporter mon attention vers l'avant.

Ichiro nous mena vers le centre de la Gare et nous fit descendre d'un étage. Nous étions dans la partie avant en pierre grise, avec de grandes fenêtres à trois panneaux sur toute la façade. Le mur était en brique ocre, comme celle au dehors. De longs rideaux bleu royal en velours avaient été placés de chaque côté des fenêtres. Je levai les yeux au plafond où courraient des tuyaux industriels sur toute la longueur de la salle. Des lustres de cristal avaient été suspendus un peu partout, leurs ampoules imitant des chandelles. Les poutres de soutien en béton avaient été ornées d'éclairage D.E.L. tout en hauteur et le halo bleuté éclaboussait le sol autour.

La salle était complètement vide, les tables et les chaises repoussées au mur. Ichiro écarta un bras de façon théâtrale.

– Les célébrations sur Solstice auront lieu ici demain. Pour les retrouvailles de ce soir, Félicitée a préféré vous recevoir dans son salon, pour quelque chose de plus intime.

Il repassa la porte et se dirigea vers l'autre aile de la Gare. Il nous fit passer par une arche et nous mena dans une galerie qui donnait sur l'atrium principal. Une bande de tapis étouffait le bruit de nos pas et le murmure de plusieurs conversations me parvint. Il s'arrêta finalement devant une énorme porte en bois. Il poussa le battant et nous fit signe de le précéder.

Par-dessus l'épaule de Christian, je vis une salle moitié moins grosse que la salle de réception, mais beaucoup plus décorée. Les murs étaient recouverts de boiserie, avec des étagères encastrées où s'alignaient des centaines de livres. L'intégralité du plafond était occupée par un enchevêtrement de rosaces. Le motif alternait entre des trèfles et des carreaux ornés de piques.

Plusieurs sofas et des divans avaient été installés autour de la pièce pour créer des îlots de discussions. Certains étaient occupés, mais la plupart des convives présents étaient debout. Je reconnus Annick et la Corriveau, accompagnées d'un autre Shaman et d'un Sasquatch. Un couple que je ne reconnaissais pas était assis dans les sofas non loin. Derrière eux, je reconnus le représentant de l'Alliance des mages avec trois autres personnes. Leurs regards nous trouvèrent et suivirent notre progression dans la pièce.

De l'autre côté, un Béret rouge et une Fae de la haute cour discutaient avec Félicitée. Le Béret rouge tenait une position de garde du corps, son regard sur la salle plutôt que sur la conversation. La Fae dépassait la maîtresse des vampires d'une bonne tête, mais son ossature était délicate et toute en longueur. Sa robe vaporeuse venait appuyer l'effet éthéré de ses cheveux blonds, presque blancs.

Au premier coup d'oeil, la reine des Faes et Jörmun semblaient absents. Je relâchai mon souffle discrètement. Ichiro nous mena jusqu'à Félicitée sans hésitation. Christian hocha la tête pour saluer plusieurs personnes au passage. Je me rapprochai un peu plus de Karl et il me tendit son coude. Je posai ma main sur l'intérieur de son bras avec soulagement. Je savais qu'il aurait besoin de ses deux mains en cas d'attaque, mais je n'osais pas croire que la première soirée pourrait se terminer ainsi, devant autant de témoins.

À l'autre extrémité de la salle, un foyer occupait la place centrale du mur. Un feu dans l'âtre projetait une lueur chaude sur la dalle de marbre et le pare-étincelles en bronze. Au-dessus, un énorme cadre doré représentait le Roi-Mage. Son visage était facile à reconnaître, ses traits anguleux rappelant ceux de Nikolaj, un cercle en or posé sur son font et une longue baguette du même métal entre ses mains.

À notre approche, la Fae s'inclina avec un sourire et recula d'un pas. Félicitée survola notre groupe du regard avec un sourire satisfait. Ses cheveux brun foncé avaient été relevés en un chignon élaboré, avec une tresse ceinturant sa tête. Elle portait une longue robe soyeuse ornée de dessins brodés. Les manches bouffantes et l'envergure de la traîne me faisaient penser que ce type de vêtements datait du siècle dernier. Elle inclina la tête avec un sourire et tendit la main vers Christian. Ce dernier la serra brièvement et la remercia de son hospitalité. Elle agita les doigts de manière désinvolte.

– Cela va de soi, très cher.

Son regard se porta sur le reste du groupe et Christian se tourna vers nous.

– Tu connais déjà Bryan. Voici Sorcha, une autre de mes Sentinelles.

Félicitée leur tendit la main à tour de rôle et leur souhaita la bienvenue. Elle arrive enfin à Karl et moi. Un courant électrique me traversa la nuque et me fit crisper les mâchoires.

– Le Windigo, dit-elle. Nous avons échangé par vidéoconférence, mais je trouve ce mode de communication tellement dénué d'humanité.

Je manquai m'étouffer à ce qualificatif et m'éclaircis la gorge subtilement pour masquer mon incrédulité. Karl avança, toujours aussi placide, et lui tendit la main. Elle s'en saisit pour l'attirer vers elle et lui faire la bise. Je le sentis se raidir, et au sourire de Félicitée, elle s'en était aperçue aussi. Elle le relâcha avec une expression satisfaite et porta son attention sur moi.

— Alors, voici la marionnette qui a causé tant d'agitation en septembre.

Je pouvais presque entendre les dents de Karl grincer.

— Félicitée, je vous présente Ellie, ma compagne.

La maîtresse des vampires sourcilla avant de me faire face.

— Bien sûr, mes excuses. Ellie, je suis ravie de te recevoir. Sois assurée que le nid veillera à ton bien-être pendant ton séjour.

Son choix de mots ne manqua pas de m'échapper. Elle avait soigneusement évité de parler de ma sécurité. J'acquiesçai et la remerciai avec un sourire poli. Karl reprit la parole, son ton dangereusement calme.

— C'est malheureux que mon altercation avec Jörmun ait causé autant de dommages au nid.

Elle balaya ses excuses de la main.

— Il arrive à mes sujets de causer autant de destruction pour des chamailleries. Je suis bien placée pour savoir que la relation entre un Sire et sa progéniture n'est pas toujours facile.

Elle haussa un sourcil à l'intention d'Ichiro. Ce dernier courba l'échine avec un sourire en coin. Félicitée reporta son attention sur notre groupe.

— Je suis ravie de pouvoir profiter de votre compagnie et Mab sera enchantée de vous savoir si proches.

Je détournai le regard pour cacher mon inconfort. Mon attention se porta sur la Corriveau un peu plus loin. Le couple que je ne connaissais pas s'était levé et l'avait rejointe. Son expression était orageuse et ses lèvres pincées. Je tentai de me concentrer sur les paroles de Félicitée, mais mon regard se reporta sur eux. L'homme s'était raidi aux paroles qu'ils échangeaient. La femme montra les dents et je sentis l'air crépiter autour de la Corriveau.

Félicitée avait remarqué la même chose et fit un signe à Ichiro. Le vampire se dirigea vers eux d'un pas rapide et interrompit leur altercation d'une voix trop basse pour que je perçoive ses paroles. La Corriveau sembla momentanément se calmer et la maîtresse des vampires retrouva une expression sereine. Elle tendit la main vers la Fae qui était restée silencieuse à ses côtés.

— Laissez-moi le plaisir de vous présenter Titania. Elle nous vient de la cour des Faes en Europe. Son roi lui a demandé de venir assister à nos échanges. Elle a gracieusement accepté de danser lors des célébrations du Solstice.

La Fae tendit une main vers Christian avec un sourire. Ses iris luisaient d'une lueur dorée sous l'éclairage du salon. Impossible de la méprendre pour une humaine.

— Je suis flatté de l'intérêt que le roi Obéron porte à notre cause, dit Christian.

Les lèvres de Titania s'étirèrent en un sourire suave.

— Il se peut que j'aie insisté pour être présente. Mab m'a beaucoup parlé de ses vis-à-vis surnaturels en Amérique. La curiosité a eu raison de moi.

Ma connaissance des Faes en Europe était plutôt mince. J'allais devoir demander des détails à Christian lorsque nous serions de retour à la chambre, car j'ignorais les implications liées à sa présence. Des éclats de voix me firent tourner vers la Corriveau. Elle était à quelques centimètres de la femme du couple, Ichiro la tenant par le coude.

Les traits de Félicitée se crispèrent et une lueur rougeâtre passa momentanément dans son regard. Elle tapa dans ses mains pour attirer leur attention. Le son claqua dans la pièce comme un coup de tonnerre. Tous les convives se tournèrent vers elle, telles des marionnettes tirées par des ficelles. Elle reprit un air plaisant et inclina la tête sur le côté avec un sourire cordial.

– Allana, Jordan, je suis sûr que vous avez des comptes à rendre à Ulfric.

À la mention du nom du représentant des démons, je supposai que le couple en était. Ils échangèrent un regard frustré avant de s'incliner devant la maîtresse des vampires et quitter la pièce. Félicitée soupira et se tourna vers la Corriveau.

– Marie-Josephte, j'éprouve énormément d'affection pour vous. Vous êtes venue en aide à mes enfants et aux miens plus d'une fois. Mais par pitié, cessez de les contrarier.

La Corriveau lui répondit d'un sourire crispé.

– Il faut croire que le temps n'adoucit pas toutes les mœurs.

Ichiro apparut à ses côtés avec des coupes et une bouteille de vin. Elle accepta la diversion pour ce qu'elle était avec bonne grâce. Je me penchai vers Karl pour chuchoter.

– Quel est le problème entre la Corriveau et les démons?

Il pinça les lèvres.

– J'ai cru comprendre qu'elle tient ses pouvoirs d'un démon, même si elle n'en est pas un. Mais elle refuse de reconnaître un quelconque lien entre eux et ils le lui reprochent.

J'ouvris de grands yeux, mais je n'eus pas le temps de poser une autre question. Titania s'était tournée pour nous faire face à Karl et moi.

– Quel étrange tableau, le Windigo qui chuchote à l'oreille de sa compagne! À peine arrivées, seriez-vous déjà occupés à comploter?

Mes sourcils grimpèrent tout au haut de mon front devant son animosité. La Fae sourit plus largement devant notre réaction.

— On m'a parlé de vos accusations à l'intention des mages renégats, poursuivit-elle.

Elle se tourna et fit un signe de main au représentant de l'Alliance des mages. Ce dernier était assez près pour avoir entendu notre conversation. Il s'avança d'un pas et s'inclina, les épaules crispées.

— Madame?

Titania nous engloba d'un geste de la main.

— Jonathan, n'est-ce pas? Est-il exact que le Windigo a massacré une dizaine des vôtres, sous prétexte qu'ils étaient des traîtres?

Le regard du mage alterna entre nous et la Fae. Félicitée observait la scène avec détachement, comme si nous n'étions rien de plus que le divertissement de la soirée. Je tentai de parler calmement, mais l'envie de nous défendre était trop forte.

— Le Windigo a effectivement tué un groupe de mages, sans avertissements ni témoins.

Je pouvais sentir le grondement qui vibrait dans la cage thoracique de Karl. Ma main se crispa sur son bras. L'Alliance des mages avait nié que l'attaque du mois d'octobre ait été menée par des renégats. Ils avaient décrié l'intervention de Karl, mais Nikolaj avait mis fin à leurs accusations, temporairement, jusqu'à la présentation des preuves de Sarah. Karl se contenta de hausser un sourcil. Ma bouche s'ouvrit d'elle-même.

— Nous avons fait preuve de transparence quant aux événements d'octobre, dis-je. Jörmun en a d'ailleurs été témoin.

Le regard de la Fae se posa sur moi avec mépris.

– On vous appelle les proies, ceux qui sont marqués par le Windigo, dit-elle. Quelle appellation poétique. Au moins, les vampires ont l'honnêteté d'appeler leurs marionnettes pour ce qu'elles sont.

Ma respiration se coinça dans ma gorge. Je ne m'étais pas attendue à une attaque aussi directe. Karl s'agita à mes côtés et je resserrai ma prise sur lui, autant pour l'empêcher d'attaquer que pour me rassurer. Alain s'interposa et agita une main désinvolte.

– Oui, mais où serait le charme de nommer une chose différente du même nom qu'une autre? Titania, vous manquez d'imagination.

Le rouge monta aux joues de l'émissaire Fae et Christian leva une main avant qu'elle ne réponde.

– Vous oubliez que le même groupe a attaqué le Windigo sans provocation la veille. L'oiseau-tonnerre, la Corriveau et les Faoladh peuvent en témoigner.

– Ah, les Faoladh, acquiesça Titania. N'est-ce pas vous qui abritiez un traître sans même le savoir? Un traître qui a tenté d'assassiner le duc Nikolaj pendant vos soi-disant discussions?

Elle se tourna vers Félicitée.

– Vraiment fascinant. Entre la mollesse des mages et la fourberie des Faoladh, je suis surprise que tu parviennes à dormir paisiblement.

Je pouvais sentir la tension qui irradiait de mes compagnons tout autour de moi. Sorcha et Bryan avaient légèrement modifié leur posture et je les savais prêts à attaquer. Le bras de Karl sous le mien était un peu plus froid que quelques instants auparavant. J'allais retirer ma main, mais il serra le coude contre ses côtes et j'arrêtai mon mouvement. La voix d'Annick me fit sursauter. Elle s'était approchée de notre groupe, les poings serrés et les yeux brillants de colère.

— Indignes de confiance? Je ne crois pas que les Faoladh aient quelques leçons que ce soit à apprendre des Faes ou des mages. Vous envoyez allégrement vos tributs à la cour du Roi-Mage; vous encouragez vos jeunes à sacrifier quinze ans de leur vie pour une cause sur un autre continent. Et tout ça pour quoi? Pour perpétuer l'oppression des créatures surnaturelles minoritaires.

Sa véhémence me surprit. Félicitée leva une main apaisante.

— C'est une chance que nous ayons une tierce partie qui s'est offerte pour apporter des preuves quant aux renégats.

La Fae haussa les sourcils et pointa Karl.

— Sa mère? Pitié, ce n'est pas ce que nous appelons une tierce partie.

Alain se pencha vers l'avant et je vis ses yeux briller d'un jaune vif inhabituel.

— La fille du dragon, exilée de la cour du roi Obéron. D'ailleurs, j'ai perdu le compte. Combien de maîtresses Obéron a-t-il passé depuis le départ de la Dame blanche? Est-ce qu'on les compte en dizaine ou par centaine?

La bouche de Titania se pinça. Alain venait de faire mouche. Elle lui servit un sourire venimeux avant de se tourner vers Félicitée.

— J'ai bien besoin d'air frais. Vous m'excuserez, mais l'atmosphère est trop lourde pour moi. Je vous souhaite une excellente soirée.

La Fae fit une courte révérence, ses jupes s'étalant autour d'elle comme les pétales d'une fleur. Félicitée lui rendit la pareille et lui souhaita bonne nuit. La plupart des regards la suivirent hors de la pièce. Juste comme elle venait de franchir la porte, quelqu'un d'autre entra. C'était un homme massif avec un teint pâle et des cheveux bruns. Ses yeux parcoururent la salle avec une précision militaire. La coupe étroite et simple de son costume soulignait cette impression de discipline.

Mon cœur se mit à battre à toute vitesse.

On aurait dit Greg, avec dix ans en moins. Il ne manquait qu'un peu de gris aux tempes et des yeux plus ambrés que bruns. Karl baissa la tête, probablement alerté par la crispation de ma main sur son bras. Mon regard croisa celui de Christian et ma gorge se serra en voyant son expression horrifiée.

L'homme se fraya un chemin jusqu'à nous et il s'arrêta aux côtés de Félicitée avec un sourire neutre. Elle tendit la main puis il se pencha au-dessus pour y déposer un baiser. Il se redressa pour nous faire face. La maîtresse des vampires passa sa main sur le bras du nouveau venu, son regard posé sur nous.

– Voici Nolan Walsh. Il fait partie de l'entourage de la reine Mab.

Elle se tourna vers lui.

– Je m'attendais à te voir en compagnie de ta maîtresse.

Un léger tic agita la bouche de Nolan, mais son expression resta sereine.

– Le voyage l'a rendue lasse. Elle m'a demandé de vous présenter ses excuses. Mais elle tenait à ce que je vienne faire acte de présence, à la fois pour vous remercier, et pour saluer Ellie.

Il se tourna et son regard se posa sur moi. Ses yeux étaient de la même couleur que ceux de Greg, quelques années plutôt, avant que sa nature bestiale commence à faire pâlir le brun vers un doré dangereux. J'avalai péniblement.

Mon inconfort le fit sourire et le mouvement dévoila des canines acérées. C'était bel et bien un vampire.

— La reine Mab est impatiente de passer du temps avec vous.

Ma bouche était si sèche que j'étais incapable de lui répondre. Christian prit la parole et m'évita à le faire.

— Greg sera content de te savoir bien portant. Il ne m'avait pas dit que tu collaborais avec Mab.

Un éclair de souffrance passa dans le regard de Nolan avant que son expression ne redevienne placide.

— Je suis content de savoir mon frère entre de bonnes mains, dit-il. Je veillerai à lui donner de mes nouvelles.

Il se tourna vers Félicitée et s'inclina à partir de la taille, les mains à ses côtés.

— Si vous voulez bien m'excuser, il y a fort longtemps que je ne suis pas venu à la Gare Viger. Je suis impatient de renouer avec plusieurs de vos sujets.

Elle agita une main pour le congédier et le regarda s'éloigner avec quelque chose qui ressemblait à de la tristesse. Christian attira son attention d'un geste.

— Auriez-vous l'obligeance de m'expliquer comment un vampire se serait retrouvé au service des Faes?

Son ton était tout ce qu'il y avait de plus poli, mais son visage avait pris une expression menaçante. Félicitée se tourna vers lui et secoua la tête.

— C'est contre nature, je vous l'accorde. Et ça m'irrite au plus haut point. C'est probablement la raison pour laquelle Mab l'a fait. J'ai essayé de contacter le Sire de Nolan, mais je me suis rivée à ses laquais.

Mon cœur se serra à l'idée que le frère de Greg ait été transformé en pion dans le seul but de déstabiliser la meute. Une lueur prédatrice passa dans le regard de Félicitée et elle retroussa le nez.

– Quelqu'un va devoir répondre à mes questions, tôt ou tard.

J'étais rassurée de savoir qu'elle ne laisserait pas la chose passer aussi facilement. Mais je savais que les vampires avaient des notions bien particulières sur la résolution de conflit. Je lançai un regard vers Nolan qui discutait avec un groupe de vampires plus loin dans la pièce. J'espérais juste qu'il ne paierait pas de sa vie pour satisfaire l'ego de Mab.

Comme si un signal silencieux avait été donné, des serveurs arrivèrent par les portes de côté avec des plateaux. Ils distribuèrent des coupes à tous les convives autour de la pièce. Karl m'en tendit une que je fis passer subtilement devant mes amulettes. En l'absence de réaction, je pris une gorgée du liquide doré. Le champagne était sec et pétillant sur ma langue. Félicitée se dirigea vers le foyer et replaça sa traîne avec soin avant de lever son verre de façon théâtrale. Le silence se fit dans la salle et tout le monde se tourna vers elle.

– Chers amis, collègues et visiteurs, je vous souhaite la bienvenue à la Gare Viger. Au cours des prochains jours, nous allons souligner le Solstice et mettre fin aux agissements des renégats. Espérons que cette rencontre sera commémorée dans les livres d'histoire comme un moment décisif dans les relations entre l'Europe et l'Amérique.

Elle leva son verre.

– Longue vie au Roi-Mage!

Le toast fut repris par une partie des convives, mais notre délégation resta silencieuse.

# Chapitre 8

Je tournai la tête et clignai des yeux à la lumière qui filtrait entre les pans du rideau. Le torse de Karl était pressé contre mon dos et son bras m'enserrait la taille. Je fis un effort conscient pour détendre mes muscles et profiter de quelques minutes de repos supplémentaire.

Après le toast, Félicitée avait continué son discours quelques minutes, puis Christian avait entrepris de faire le tour de la pièce pour discuter avec les autres convives. Karl avait préféré se dirigerbarb vers nos alliés et nous avions fini la soirée en compagnie de Marie-Josephte et Annick. Cette dernière était plutôt frustrée de ne pas voir le duc Nikolaj parmi les convives.

— Les derniers tributs auraient dû nous être retournés la semaine passée. Ils les gardent en otage pour s'assurer de notre coopération.

J'avais la terrible impression qu'elle connaissait personnellement un des tributs en question, mais je n'avais pas osé insister avec autant de témoins autour de nous. Nous avions finalement déserté la soirée quelques heures plus tard. J'étais contente d'avoir opté pour des souliers plats plutôt que des talons hauts. Malgré ce choix judicieux, la plante de mes pieds était meurtrie. J'agitai mes orteils et la sensibilité de la peau contre les draps me confirma que j'avais assurément quelques ampoules.

Je pouvais entendre des voix dans le salon, mais Karl semblait toujours profondément endormi. Comme j'étais bien réveillée, mon corps décida de se manifester et réclama un tour aux toilettes. Je roulai sur le côté pour me dégager à la suite de quoi, Karl grogna et attrapa mon oreiller en remplacement. Je souris et me dirigeai vers la salle de bain. Avant de ressortir, je me passai une serviette sur le visage.

Deux nuits écourtées d'affilée par-dessus la fin de session commençaient à laisser des traces. Je regroupai mes cheveux en une queue de cheval et enfilai un gilet à capuchon par-dessus mon pyjama. À ma sortie, Karl était assis sur le bord du lit, avec un simple pantalon à carreaux rouge et bleu. Il se passa une main dans les cheveux et les muscles de son torse jouèrent sous la lumière de la salle de bain.

Mes pieds décidèrent d'eux-mêmes de s'approcher et je me retrouvai debout entre ses genoux. Il releva la tête avec un sourire et posa les mains sur mes hanches. Mes mains se posèrent sur ses épaules et explorèrent la peau douce et chaude. Alors que ses yeux se fermaient avec un soupir satisfait, je pris son visage en coupe et déposai un baiser sur ses lèvres. Ses mains remontèrent mon dos et me pressèrent contre lui. Je rompis le contact pour reprendre mon souffle, complètement hors d'haleine. Les yeux de Karl pétillaient et son sourire était celui du vainqueur.

– Bien dormi?

J'acquiesçai, les mots s'étant éparpillés avec mes pensées. Il tourna la tête vers la porte et plissa les yeux.

– Allons rejoindre les autres, avant qu'ils ne décident de nous interrompre.

Je retroussai le nez et reculai d'un pas, déçue même si j'étais d'accord. Il se releva et attrapa un t-shirt sur sa valise. J'attendis qu'il l'ait enfilé pour ouvrir la porte. Bryan était juste devant le seuil, prêt à frapper. Je mis les mains sur mes hanches et il m'offrit une grimace coupable. Sorcha ricana depuis le salon. Lorsque Bryan revint vers les divans, elle tendit la main et il y déposa un billet de vingt dollars. Je haussai les sourcils.

– Est-ce que je veux savoir de quoi il retourne?

Bryan s'éclaircit la gorge.

– C'était à savoir si Karl était un gentleman, dit-il.

Rian se releva de son divan et se dirigea vers le comptoir pour remplir sa tasse. Il secoua la tête devant l'expression impassible de mon compagnon de chambre.

– Sorcha a dit que Karl avait de meilleures oreilles que les loups.

Je me tournai vers Karl avec un regard curieux.

– Est-ce le cas?

– Laisse ses illusions à Bryan.

Je ne pus retenir mon rire incrédule. Bryan agita une main désinvolte avant de se diriger vers un chariot. Il souleva une cloche et assembla une assiette. Je le rejoignis et étudiai l'assemblage d'œufs, de jambon et de pain rôti. Bryan se pencha vers moi et chuchota.

– Aide-moi à prouver que les loups sont meilleurs et je te donne le billet de Sorcha.

Il agita les sourcils de manière suggestive.

– Sais-tu quel est le désavantage d'avoir été élevée avec des Faoladh?

Il fronça les sourcils et secoua la tête.

– Ils m'ont inculqué la loyauté.

J'entendis plusieurs ricanements derrière moi depuis le salon. J'offris un sourire candide à Bryan et il me répondit d'une grimace.

– J'ai une meilleure idée, dit Karl.

Je revins avec mon assiette et pris place dans le divan à côté de lui. Karl attendit que Bryan s'asseye devant nous avant de reprendre.

– Laissons tomber l'ouïe. Qui est le meilleur pisteur?
Sorcha secoua la tête.

– C'est nous, c'est sûr. Bryan est le meilleur de nous trois, dit-elle en incluant Rian.

Ce dernier eut une grimace dédaigneuse.

– Il m'a battu uniquement parce qu'il a triché.

Sorcha agita une main pour balayer ses excuses.

– Tu es trop lent.

Les lèvres de Karl s'étirèrent en un sourire carnassier.

– Alors si vous êtes tous d'aussi excellents pisteurs, vous avez senti la même chose que moi hier.

Plusieurs regards circonspects s'échangèrent.

– Ça dépend. Où et quand?

– Sur la mezzanine, juste avant d'entrer dans le salon de Félicitée.

Sorcha se tapota les lèvres avant de hausser les épaules.

– Trop d'odeurs, je ne me rappelle pas que quelque chose ait attiré mon attention.

Karl haussa un sourcil à l'intention des deux hommes. Ils échangèrent un regard perplexe. Bryan ferma les yeux, ses doigts pianotant sur les bras du sofa. Il se redressa soudainement.

– Une odeur semblable à celle de l'appartement piégé. Pas la même personne, probablement deux personnes qui vivent ensemble.

– Pas mal, dit Karl. Quels sont nos projets pour aujourd'hui?

Bryan se frotta les mains et se tourna vers la porte de la chambre de Christian. Comme si le geste l'avait convoqué, la porte s'ouvrit sur le chef de meute. Il avait revêtu un costume bleu foncé cintré avec une cravate rouge. Il replaça ses manches et haussa un sourcil interrogateur devant tous les regards rivés sur lui.

– Suis-je présentable? J'ai rendez-vous avec le chef des Bérets rouges.

– Parfait, dit Sorcha. J'imagine que c'est Bridget qui a choisi l'ensemble.

Christian baissa les yeux et passa une main sur sa cravate avec un haussement d'épaules.

– Ça lui fait plaisir. Maintenant, si vous confessiez ce qui vous a donné cet air coupable?

Bryan envoya un rapide coup d'œil de confirmation à Karl avant de prendre la parole.

– Nous aimerions aller traquer une odeur.

Il lui expliqua la déduction de Karl, ajoutant avec une bonne dose de fausse modestie qu'ils étaient les deux meilleurs pisteurs de notre groupe. Christian fronça les sourcils et se tourna vers moi.

– Les démons ont demandé à te rencontrer ce matin. Ce sont des alliés, mais leurs agissements sont parfois bien inconstants avec leur position. En théorie, tu ne devrais pas être en danger, mais mieux vaut être sur tes gardes.

J'avalai péniblement. Après l'altercation entre la Corriveau et les démons, j'étais curieuse d'en apprendre plus sur eux. Mais je n'avais pas très envie d'y aller seule. Je croisai le regard de Sorcha et elle acquiesça.

– Je serai à tes côtés.

Une porte grinça derrière nous et je me tournai pour voir Alain qui sortait de sa chambre avec ses lunettes fumées bien en place. Il ajusta son veston et se dirigea vers la machine à café.

– Je vais venir aussi.

Je me tournai vers Karl avec un haussement de sourcils. Il suivit son tuteur du regard, les yeux plissés. Comme il restait silencieux, je me sentis obligée de poser la question.

– Es-tu sûr?

Alain prit une gorgée avant de pivoter vers nous.

– Oh oui. Je ne manquerais ça pour rien au monde.

Je pris une inspiration et hochai la tête à l'intention de Christian.

— Bien, dit-il. Je t'envoie un message avec leur adresse. Rian, je vais avoir besoin de toi pour aller voir les Faes. Alain, pourras-tu renforcir les cercles de protection, considérant que Gill sera seul quelques heures?

Le démon acquiesça, le nez dans sa tasse. Je me relevai et déposai mon assiette sur le comptoir de la cuisinette. J'essuyai les paumes de mes mains sur mes pantalons, soudainement nerveuse. Mon imagination me fournissait toutes sortes de scénarios et aucun d'entre eux ne se terminait bien.

Je pris la direction de notre chambre pour éviter que les autres devinent mon malaise. Karl se leva et me suivit en silence. Il referma la porte derrière lui et s'y adossa. J'avançai jusqu'à la penderie et considérai mes bagages. Pantalons chino vert sauge, chemisier blanc. Des frissons me remontèrent les bras tandis que je sentais la sueur perler sur mon front.

La main de Karl sur mon coude me fit sursauter. Il me tourna pour que nous soyons face à face. Son regard fouilla le mien tandis que ses mains frottaient mes bras pour en chasser la chair de poule. Je pris plusieurs bonnes inspirations, sans succès. Avec un grondement à peine audible, Karl m'attira et me serra contre lui.

— Je vais rester avec toi. Bryan pourra faire équipe avec Sorcha.

J'étais terriblement tentée d'accepter son offre. Mais je ne voulais pas que notre relation fonctionne ainsi, l'obligeant à constamment modifier ses plans pour moi. Notre lien m'avait clairement transmis son anticipation à l'idée d'une bonne traque. Je secouai la tête contre lui et mes mains agrippèrent son chandail de façon contradictoire. Je m'obligeai à le relâcher et reculer d'un pas.

— Tu dois faire ce pour quoi tu es le plus doué. Si on sait comment Gill a été maudit, on aura une meilleure idée de comment l'en débarrasser.

Karl pinça les lèvres, visiblement peu convaincu. Je redressai mes épaules.

— Et si je veux être à tes côtés, je dois être capable de jouer sur la scène politique. Ou au moins, essayer.

J'agitai une main entre nous avec un air faussement blasé.

— Tu es pourri en politique. Le moins que je puisse faire est de voir si j'y suis plus habile. Dans l'idée que notre relation nous soit mutuellement bénéfique, je dois essayer de mettre le doigt sur mes forces.

Un tic agita la joue de Karl. Il n'était pas tout à fait d'accord avec mon besoin de me rendre utile, mais il avait assez de bon sens pour ne pas m'en empêcher. Il respectait l'idée à défaut de la comprendre. Je lui offris un sourire dérisoire.

— Et si je n'y arrive pas, il sera toujours temps pour que tu viennes me sauver de moi-même. Ça te donnera un prétexte pour rugir et menacer tout le monde.

Ce fut à son tour de sourire.

— Bon point. Un autre de mes talents.

Ses mains remontèrent mes bras jusqu'à mon visage et il déposa un baiser sur mon front.

— Si tu survis à la journée, je considérerai ta mission comme un succès.

Je retroussai le nez.

— C'est plutôt bas, comme standard.

Il secoua la tête.

— Si je laisse les autres survivre, alors ce sera un succès pour moi aussi.

Je levai les yeux au ciel et lui enfonçai un doigt dans les côtes. Il esquiva avec un sourire et attrapa un jean et un pull à manches longues avant de s'éloigner vers la salle de bain.

# Chapitre 9

Je regardai Karl et Bryan s'éloigner dans le corridor. Les clés de la voiture me semblaient peser une tonne dans mes mains. Sorcha s'agita à mes côtés.

– Il est vraiment différent, quand tu es dans les parages.

Je me tournai vers elle avec un pincement d'inquiétude. C'était une de mes plus grandes peurs; d'obliger Karl à changer contre son gré. Notre lien faisait en sorte qu'il pouvait difficilement me cacher la vraie nature de ses émotions et nous avions convenu d'être honnêtes. Mais je ne voulais pas qu'il passe son temps à brimer sa nature pour me ménager. Sorcha dut deviner ma détresse, car elle secoua la tête.

– Non, non, ce n'est pas mal. C'est plutôt comme si, quand tu es là, il est vraiment lui-même.

Je fronçai les sourcils, perplexe.

– Comme s'il jouait la comédie pour tous les autres?

Elle acquiesça, le regard sur le coin où avaient disparu les deux hommes.

– Comme si l'humanité tout entière faisait ressortir le pire en lui. Mais quand tu es là, il est le jeune homme qu'il aurait été, sans sa malédiction.

Je secouai la tête.

– Mais la malédiction fait partie de lui. Ce serait comme me demander qui tu serais si tu n'étais pas une Faoladh.

Un sourire triste étira les lèvres de Sorcha.

– Tu n'y penses jamais? N'as-tu jamais souhaité que nous soyons différents? Ou que tu sois différente?

Je haussai les épaules.

– Peut-être plus jeune. J'ai toujours été soulagée à l'idée de n'être qu'une observatrice. Ça m'enlève le poids de devoir prendre position.

Elle m'envoya un regard dérisoire.

– Ce n'est visiblement plus le cas.

Je baissai les yeux vers les clés de voiture dans mes mains. Alain passa la porte de la suite et enfila son long manteau de feutre. Je fis une grimace à Sorcha.

– En effet. Allons-y avant que je ne perde courage.

Je pris la direction des ascenseurs et retrouvai le chemin de la sortie. Dehors, je levai les yeux vers le ciel complètement gris. Quelques flocons épars tombaient doucement jusqu'au sol, mais il n'y en avait pas assez pour que la neige s'accumule sur la chaussée. Dans le stationnement, je trouvai rapidement la voiture de Karl, aux côtés de la minivan de Christian. Une fois le siège ajusté à ma taille, j'entrai l'adresse dans le GPS. Vu la complexité des directives pour s'y rendre, j'étais soulagée que les démons n'aient pas mentionné une heure précise pour notre rencontre.

La voiture démarra avec son ronronnement habituel et je sortis du stationnement. La circulation était légère et j'arrivai rapidement à la bretelle d'accès de l'autoroute. Au bout d'une dizaine de minutes, les indications me firent changer de voie et prendre la sortie. J'enchaînai quelques tournants dans les rues.

Le quartier ressemblait à celui où nous étions arrêtés la veille, avec des maisons en rangée, des rues étroites et des voitures stationnées en bordure du trottoir à perte de vue. Mais les devantures étaient plus abîmées ici, avec des escaliers en métal à la peinture écaillée. Certaines fenêtres étaient ornées de barreaux et quelques terrains n'avaient pas été nettoyés des feuilles de l'automne.

Je nous arrêtai dans une rue où les maisons laissaient la place à des entrepôts et des bâtiments commerciaux. Sorcha ouvrit sa portière et survola le secteur du regard. Alain pointa un des entrepôts dont les vitres au rez-de-chaussée avaient toutes été placardées. Je relevai mon capuchon sur ma tête pour couper la brise froide et lui emboîtai le pas alors qu'il se dirigeait vers le côté du bâtiment.

À l'arrière, une clôture courrait toute la longueur du lot, laissant à peine deux mètres de dégagement entre le mur et le grillage recouvert de vigne. La neige avait été piétinée au centre de l'allée et un luminaire solitaire était allumé malgré la clarté du jour.

Alain s'engagea dans la traverse et Sorcha me fit signe de la précéder. Un bruit métallique se mit à résonner au loin et je reconnus le son caractéristique d'un train. Au bout de la clôture, les rails apparurent et Alain les traversa, les mains dans les poches. Je courus pour traverser les rails, mais la locomotive n'était pas encore visible. Il s'engagea entre deux autres bâtiments en brique rouge et déboucha dans une cour intérieure. Deux voitures étaient stationnées dans une allée adjacente, mais un coup d'œil à la ronde me laissa perplexe quant à la façon dont elles étaient arrivées ici.

Des fils électriques courraient d'un toit à l'autre, décorés de paires de chaussures attachées par les lacets que le vent faisait ballotter. Des bonbonnes de propane étaient empilées à côté d'une petite porte de garage. Une benne à ordure se trouvait juste devant le plus gros bâtiment. L'entrepôt était tout en profondeur, un toit en angle avec un faîte surélevé en son centre. La façade était occupée par une énorme porte de garage et la surface entière était recouverte de graffitis de toutes sortes. Au centre, une paire d'yeux nous observait, avec d'énormes cornes partant de chaque côté.

Alain s'était arrêté dans le milieu de la cour et je le rejoignis. Un mouvement attira mon attention sur le côté de la bâtisse. Je dus rapidement lever la main pour masquer mes yeux. La silhouette était si brillante que j'étais incapable de la regarder en face. Je sentis Sorcha se placer à mes côtés, prête à me défendre. Alain eut un grognement exaspéré et il leva les mains devant lui.

Un tourbillon d'air se forma à quelques pas de nous. La poussière et les débris au sol furent entraînés dans le petit cyclone. Je baissai ma main et pus observer le nouveau venu par le filtre que nous offrait le nuage de poussière d'Alain.

– Arrête le spectacle de lumière, Jordan.

Je haussai les sourcils et chuchotai.

– Le même démon qu'hier?

Alain hocha la tête. Devant nous, la silhouette perdit en éclat et Alain dissipa la tornade, laissant les débris reprendre leur place autour de la cour. Jordan s'avança vers nous, les mains dans les poches et un sourire aux lèvres.

– Le retour de l'enfant prodigue. Toujours aussi impertinent envers ses aînés.

Alain haussa un sourcil.

– Désolé, ton nom n'était pas dans le chapeau quand j'ai pigé ceux à qui je devais le respect.

Jordan retroussa le nez et se tourna vers moi.

– Au moins, tu es bien accompagné. Je ne devrais pas mourir d'ennui.

Alain ne réagit même pas à l'insulte et tendit une main vers les bâtiments.

– Montre-nous le chemin. Je ne voudrais pas faire attendre Ulfric.

Jordan s'inclina bien bas, un bras replié devant lui avec un sourire dérisoire. J'étais loin d'être dupe et il me faudrait plus que des courbettes pour faire taire ma méfiance. Alain se tourna vers moi et roula des yeux avant de lui emboîter le pas. Le démon nous mena vers le bâtiment juste à côté du gros hangar. Il tira sur la lourde porte et nous précéda à l'intérieur. Je clignai des yeux à quelques reprises pour me faire à la faible luminosité des ampoules rouges. L'odeur d'humidité et de rouille me prit au nez. Quelque chose me disait que l'endroit était encore plus déroutant le soir. Jordan enfila un corridor à bons pas et nous fit traverser le bâtiment sur toute sa longueur.

Arrivé au bout, il prit un escalier en béton bordé d'une rambarde en tubulure rouge et grimpa à l'étage supérieur. Il poussa une porte et la grisaille du jour nous accueillit. Nous étions sur le toit avec une vue sur les rails et l'autoroute non loin. De la neige s'était amassée sur les côtés, mais le gravier était visible au milieu. Il se dirigea vers le bord sans s'arrêter.

Mon cœur commençait à s'emballer lorsque je remarquai deux larges planches de bois qui traversaient au-dessus du vide pour rejoindre le toit du bâtiment suivant. Lorsque je le vis s'engager sur la passerelle de fortune, mon souffle se coinça dans ma gorge. Je lançai un regard à Sorcha par-dessus mon épaule et elle pinça les lèvres en réponse. Alain dut remarquer mon hésitation, car il s'arrêta juste avant de s'engager. Il se pencha pour chuchoter à mon oreille.

– Démon de l'air, tu te souviens? Tu ne tomberas pas.

Je vis la promesse dans son regard ce qui me fit avaler péniblement et hocher la tête. Il s'engagea et traversa les planches d'un pas rapide. Je mis un pied sur la structure et sentis la planche bouger sous mon poids. De la glace s'était formée par endroit sur la surface et on pouvait reconnaître les traces des semelles de ceux qui nous avaient précédés. Je m'efforçai de respirer profondément et mis un deuxième pied.

– Ne regarde pas en bas, dit Sorcha.

Je serrai les dents et fixai les deux démons qui nous attendaient de l'autre côté. Mon souffle s'élevait en volute devant mes yeux. Les mains d'Alain bougèrent imperceptiblement à ses côtés et un frisson me remonta les jambes. Je fis quelques pas supplémentaires, les planches rebondissant à chacun de mes mouvements. Mais une étrange pression me poussait de chaque côté, comme si je marchais sur une bouche d'aération dont l'hélice tournait à pleine puissance. La rafale me gardait bien au centre, alors j'accélérai l'allure et traversai de l'autre côté, mes pensées trop chaotiques pour démêler la panique de la surprise.

Une fois mes pieds de retour sur le gravier du toit, je mis les mains sur mes cuisses et avalai l'air à grandes goulées. Il m'était difficile de croire que l'endroit n'était pas accessible autrement; le démon avait voulu nous mettre à l'épreuve. Je ne savais pas si je trouvais l'idée brillante ou sadique. Jordan prit un air faussement surpris.

– Ne me dites pas que vous avez eu peur.

Je lui envoyai un regard mauvais et me redressai. Il me sourit de toutes ses dents.

– Ne se frotte pas aux démons qui veut, dit-il. Ça prend quelqu'un de décidé, ou de désespéré.

Sorcha nous rejoignit avec un bond gracieux et elle envoya un sourire au démon.

– Je choisis la première option, merci bien.

Alain agita une main impérieuse en direction de la porte et Jordan pivota pour nous mener à l'intérieur. Ici aussi, les bulbes étaient teintés de rouge, baignant l'endroit d'une atmosphère inquiétante. Ici, l'odeur était celle d'un mélange de bois et d'agrumes. Il nous fit descendre d'un étage et parcourir un corridor où de lourdes portes en métal rouge s'alignaient. Il s'arrêta devant l'une d'elles, sans aucun signe distinctif, et frappa une série de coups avant de tourner la poignée. Il poussa la porte et nous fit signe de passer devant lui.

La pièce était illuminée d'un blanc pur par des lumières sur un énorme rail en métal. Le plafond était plus bas au-dessus de nos têtes, mais prenait en hauteur au milieu de la pièce. Je suivis Alain et découvris une cuisine à ma droite, sous une mezzanine.

Des poutres de bois blond courraient sur toute la longueur du plafond jusqu'à un mur de brique rouge. Le mur entier était occupé par d'énormes fenêtres, mesurant probablement plus de deux mètres de haut. Le salon avait été aménagé devant les fenêtres et un piano d'un brun doré occupait le côté de la pièce.

Je levai les yeux et devinai un autre salon et un lit sur la mezzanine en haut. Une silhouette apparut sur la plateforme et descendit l'escalier de métal rouge. La structure en colimaçon faisait en sorte que l'homme nous tournait le dos, mais aux cheveux châtains et la largeur d'épaule, je me doutais que nous avions affaire à Ulfric, le chef des démons. Lorsqu'il arriva au bas de l'escalier, il sourit et écarta les bras à l'intention d'Alain.

— Petit frère, comme je suis content de te voir.

Alain répondit d'un grognement, les mains toujours dans ses poches. Les bras d'Ulfric retombèrent à ses côtés. Il haussa un sourcil et se tourna vers moi.

— Il ne donne jamais de nouvelles. Pour une fois qu'il vient me voir, il me fait de l'attitude.

Je haussai les épaules.

— Il semblerait que ce soit générationnel.

Ulfric me considéra quelques secondes avant d'éclater de rire, puis il me pointa du doigt.

— J'aime bien ta nouvelle protégée. Elle est bien plus agréable que l'autre.

Alain retroussa le nez avant de se diriger vers la fenêtre pour regarder dehors.

– Tu l'as traité de monstre. À quoi t'attendais-tu? Qu'il s'excuse?

Il fit face à Ulfric.

– Nous sommes mal placés pour lancer de telles accusations, poursuivit-il.

Le démon agita une main désinvolte et nous fit signe de le suivre vers le salon.

– J'essayais simplement de prendre sa mesure. Mais je n'aurais pas dû m'attendre à autre chose d'une créature à demi sauvage élevée par mon soupe au lait de frère.

Je sourcillai à cette insulte. Alain était une des personnes les plus tempérées que je connaisse. Il avait toujours cet air blasé et affable. Je choisis le divan en face d'Ulfric et Sorcha se positionna debout derrière. Ça n'augurait rien de bon si elle n'était pas assez en confiance pour s'asseoir. Jordan prit un sofa en biais. Comme Alain était toujours à la fenêtre, le regard d'Ulfric se posa sur moi.

– J'ai entendu dire que Mab a requis ta présence.

Je haussai les épaules.

– Nous avions déjà prévu que j'accompagne la délégation. Je n'avais pas pensé prendre part aux célébrations par contre.

C'était un mensonge, mais nous avions convenu avec Christian qu'il valait mieux laisser les autres penser que Mab n'avait pas altéré nos plans. Ulfric se passa un doigt sur la bouche avec un regard songeur.

– Vraiment? Toujours est-il, je suis bien content que les circonstances nous permettent de faire connaissance.

Il se pencha vers l'avant, les coudes sur les genoux.

– Depuis toutes ces années, nous sommes des alliés des Faoladh et jamais nous n'avons eu le plaisir de nous rencontrer.

Mes mâchoires se crispèrent au mot plaisir. Je n'étais pas sûr que l'adjectif s'appliquât aux événements d'aujourd'hui. Ulfric plissa les yeux.

— Si j'étais suspicieux, je dirais que les Faoladh ont tenté de te garder loin de nous.

Je le regardai avec un air blasé.

— Vous devriez être bien plus que suspicieux. Les Faoladh ont fait énormément d'efforts pour me garder loin de la communauté surnaturelle.

Ulfric se redressa avec un regard faussement surpris. Jordan changea de position dans son siège, et je devinais un certain malaise. J'écartai mes mains.

— Après tout, je ne suis qu'une simple humaine. Ou je l'étais jusqu'à ce que la connexion entre le Windigo et moi prenne de l'ampleur.

J'entendis les pieds de Sorcha racler le sol derrière moi. La frustration m'avait délié la langue. J'allais sûrement regretter mes paroles, mais la lueur de questionnement dans les yeux des deux démons était bien trop satisfaisante. Alain me jeta un regard amusé et s'adossa au bord de la fenêtre, les bras croisés.

— Et l'agneau vient tout juste de prendre une bouchée du grand méchant loup. Tu repenseras à ses paroles, quand tu tenteras de trouver le sommeil ce soir, cher frère.

Les mâchoires d'Ulfric se crispèrent avant qu'il ne reprenne une pose détendue, son bras sur le dossier du divan. Il croisa une jambe sur l'autre et m'étudia avec une moue désinvolte. Son jeu ne m'impressionnait guère, mais les démons étaient censés être des alliés de la meute. Et Christian m'en voudrait si je nous les mettais à dos. Mais nous avions assez tourné autour du pot.

— À part prendre ma mesure et titiller les sensibilités du Windigo, y avait-il un objectif à la rencontre d'aujourd'hui?

Jordan toussa dans sa main, probablement pour cacher un rire.

— Oh, Ellie, ce n'est pas comme ça qu'on joue, dit Ulfric.

Je secouai la tête.

— Le jeu s'est arrêté il y a bien longtemps pour moi. Mon introduction au monde surnaturel s'est faite à la suite du massacre de mes parents. Je n'ai jamais eu aucune illusion quant à ma position face aux prédateurs.

Ses doigts pianotèrent sur le divan puis un sourire étira ses lèvres.

— Laisse-moi te raconter une histoire. Mon frère t'a sûrement dit que j'étais un enfoiré moralisateur, alors je dois être à la hauteur de cette réputation.

J'entendis Alain soupirer derrière moi. L'envie me démangeait de lui dire qu'il n'avait jamais même mentionné son nom, mais quelque chose me disait que cette information ferait déraper la conversation. Ulfric montra les dents à son frère avant de reporter son attention sur moi.

— Il y a fort fort longtemps, un jeune démon est tombé amoureux d'une créature sauvage. Ce n'était pas un amour du corps, mais bien deux esprits semblables qui se retrouvaient et se comprenaient. Alors le jeune démon lui a juré loyauté et s'est engagé à son service. La jeune femme était seule dans une grande maisonnée austère dirigée par une bête monstrueuse et égocentrique. Le démon était donc sa seule source de réconfort. Le jour où la jeune femme fut envoyée parfaire sa formation, le démon la suivit, quittant tout ce qu'il connaissait.

Mon regard alterna entre Ulfric et Alain. Ce dernier avait les lèvres pincées et les bras croisés. Ses poings étaient serrés et les jointures étaient blanches sous la tension. Je savais qu'Alain était en quelque sorte un majordome pour Sarah, la mère de Karl. J'avais le mauvais pressentiment que cette histoire était la sienne. Je reportai mon attention sur le démon face à moi. Son sourire complaisant me confirma que j'avais vu juste. Il poursuivit avec un geste théâtral.

– Malheureusement, notre fougueuse créature fit la rencontre de personnages peu recommandables et se lia d'amitié avec des gens bien plus dangereux, faisant fi des recommandations de son loyal serviteur.

Je m'appliquai à respirer de façon régulière. J'avais une petite idée de la tournure que cette histoire allait prendre. C'était la même que celle que Visdom m'avait racontée en septembre dernier. Ulfric fit une moue attristée.

– La demoiselle développa une étroite relation avec une créature encore plus fougueuse qu'elle. Ce qui devait arriver arriva, cette nouvelle amie fut la victime de sa propre stupidité et fut exilée. Une chose en entraînant une autre, notre cher démon se retrouva sur un bateau en direction du Nouveau Monde, en compagnie de sa maîtresse et de sa funeste amie.

Je croisai les jambes et posai mes mains sur mes genoux. Sentant mon impatience, Ulfric balaya l'air de la main.

– Tu es trop jeune pour réaliser les conséquences de ce genre de sentence. Notre pauvre démon avait grandi entouré d'une foule admirative, de tenues excentriques, de bijoux scintillants et de repas élaborés lors de soirée mondaine. Ce qui se trouvait devant lui, à perte de vue et sans issue possible, c'était une nature sauvage, des peuples aux mœurs étranges et des colons plus rustres les uns que les autres.

Je mourrais d'envie de jeter un coup d'œil à Alain, mais fis un effort pour garder mon attention sur Ulfric. Son expression prit un pli dégoûté.

– En proie au mal du pays et à l'ennui, notre démon se mit à considérer son rôle auprès de sa maîtresse de façon de plus en plus flexible. Il la quittait pour de longues périodes, revenant brièvement remplir ses fonctions. L'arrière-pays l'avait envoûté par son potentiel. À défaut de fréquenter les soirées données par la noblesse, il hantait les camps de bûcherons, débauchant les pauvres hommes et les ensorcelant par n'importe quel moyen.

Je fronçai les sourcils. Les légendes de la chasse-galerie ne pouvaient pas toutes être liées à Alain. Je pouvais difficilement croire que tout ce pan du folklore puisse lui être attribué. Ulfric retroussa le nez.

– C'est lors d'une de ces débauches que sa maîtresse a été attaquée. Notre démon était trop loin, incapable d'intervenir et de sauver ce qui lui était le plus cher.

Les yeux d'Ulfric étaient rivés dans les miens. Je sentis un frisson me remonter les bras et serrai les poings pour rester immobile. Je refusai de le laisser voir à quel point son histoire me bouleversait. Si Alain avait été absent lors de l'attaque sur le Windigo et sa compagne, celle qui avait fait de Karl un orphelin à toute fin pratique, il devait vivre avec un énorme poids sur la conscience.

Ulfric écarta les bras et les laissa retomber avec désinvolture.

– Selon toi, quel est le thème de ma petite histoire?

Je n'osais pas dire la loyauté, car je refusais de pointer Alain du doigt. Je haussai les épaules.

– J'ai toujours été mauvaise à ce genre d'exercice dans les cours de littérature.

Ulfric agita un doigt en guise de réprimande.

– Non, tu ne t'en sauveras pas si facilement. Une des rares fois où Christian nous a parlé de toi, il a fait mention de ton excellente capacité à comprendre nos légendes et à en tirer des conclusions.

Je croisai les bras et lui servis un regard sévère.

– Bien, alors disons que c'est quelque chose comme « l'amour nous rend tous idiots. »

Ulfric retroussa les lèvres, dégoûté. La voix d'Alain me fit tourner.

– La fierté. C'est elle qui m'a poussé à tenir mes vœux de loyauté, malgré leurs conséquences sur ma vie. C'est elle qui m'a desservie, loin des miens et vulnérable au vice. C'est elle qui m'a lié à mon pupille ces quinze dernières années.

Il se tourna vers moi.

– Les démons sont tous très fiers. C'est ça, n'est-ce pas, mon frère? Tu veux démontrer notre faute à tous en la soulignant chez celui qu'elle connaît le mieux?

Son expression était placide, mais je sentais une bonne dose de rancœur dans ses paroles. Je fis face à Ulfric avec un haussement de sourcil.

– Donc les démons sont fiers. Je pourrai rentrer voir Christian et lui annoncer que j'ai récolté des informations pertinentes ici aujourd'hui.

Jordan s'étouffa et couvrit sa bouche d'une main. Ulfric leva les yeux au ciel. J'écartai les mains.

– Je suis fière aussi. Je ne vois pas en quoi ça vous rend spécial.

Il acquiesça avec un sourire amusé.

– Alors tu comprendras parfaitement la nature de ma demande.

J'inspirai profondément. Nous y étions enfin. Il croisa les mains devant lui et me considéra, la tête inclinée sur le côté.

– Nous sommes tous bien au fait que Sarah va présenter des accusations de trahison ce soir. Nous allons danser et boire tous ensemble avant. Des sourires et des platitudes seront échangés. Mais chacun se gardera bien de se mouiller à l'idée que son vis-à-vis pourrait voir sa tête rouler un peu plus tard.

Je baissai les yeux vers mes mains. Si les Faoladh étaient au courant des preuves en la possession de Sarah, les autres l'ignoraient tous. Sarah avait décidé de garder son argumentaire secret. Nous voulions éviter que Mab puisse se sauver ou riposter. Je pouvais cependant comprendre que l'ignorance était à double tranchant. Ulfric pointa son frère du menton.

— Et si à une époque, les liens de sang avaient été suffisants pour m'assurer des informations fiables, ce n'est plus le cas aujourd'hui.

Une réelle note de regret s'était glissée dans ses paroles. Je lançai un regard à Alain, mais il s'était tourné face à la fenêtre et je ne voyais que ses épaules crispées. Je revins vers Ulfric.

— Tu veux savoir si tu as des traîtres dans tes rangs.

Il acquiesça.

— Les relations entre les démons sont complexes, dit-il. Je me fais le porte-parole de plus d'une douzaine de sous-groupes de démons. Nos relations avec les Clans n'en sont que plus compliquées.

Je voyais où il voulait en venir. Je hochai la tête, terminant son argumentaire.

— Et vous avez toujours été des alliés de la meute. Je suis leur protégée et une nouvelle venue sur la scène. Je dois donc avoir un besoin débordant de faire mes preuves, d'obtenir l'approbation de tous. Vous saviez qu'en m'invitant, Alain se sentirait obliger de suivre. L'affection qu'il me porte est évidente, et il est facile de supposer que c'est réciproque. Quoi de plus facile que de tirer sur les ficelles du cœur d'une simple humaine?

Les mains de Jordan se refermèrent sur les accoudoirs de son sofa. Ulfric se redressa, les mâchoires crispées.

Derrière moi, Alain se mit à ricaner, avant d'éclater de rire. Il s'avança jusqu'à moi et me prit par la main. Je suivis le mouvement et me levai. Il me serra dans ses bras, assez fort pour que mes côtes protestent. Il me relâcha enfin avec un sourire espiègle et se tourna vers son frère.

— Prends garde à ne pas t'étouffer sur cette grenouille en l'avalant.

Ulfric lui jeta un regard frustré avant de se tourner vers moi.

— Tu dis que tu ne joues pas le jeu. Alors, aide-moi à préserver la paix dans mes rangs. Mon autorité sur les démons risque de s'écrouler comme un jeu de cartes si des traîtres sont annoncés parmi les miens.

Je l'étudiai un moment avant de me tourner vers Jordan. Son expression inquiète était peut-être feinte, mais elle était si loin de ce qu'il nous avait montré jusqu'à maintenant que j'étais tentée de le croire sincère. La main de Sorcha sous mon coude me fit pivoter. Elle secoua la tête, un avertissement silencieux pour m'empêcher d'en dévoiler trop. J'acquiesçai et fis face aux démons.

— Vous l'avez dit, les démons et les Faoladh ont une entente cordiale depuis bien longtemps. De ma mémoire, ça a toujours été le cas. En septembre, un des Faoladh s'est révélé être un traître. Vous n'avez pas déserté la meute à ce moment. Peu importe les mises en accusation de ce soir, les Faoladh, et le Windigo pour le compte, maintiendront leur soutien auprès de leurs alliés.

Ulfric plissa les yeux, considérant mes paroles. J'écartai les mains.

— Je ne peux pas vous révéler quoi que ce soit au risque de ruiner des plans montés par d'autres et soigneusement mis en place au cours des derniers mois. Mais je peux vous assurer de la loyauté de la meute.

Ulfric et Jordan échangèrent un regard avant d'acquiescer.

– Ça devra nous suffire, j'imagine.

Un silence tendu s'installa et Alain envoya un coup d'œil peu subtil vers la porte. Une idée me traversa l'esprit et j'ouvris la bouche avant d'avoir le temps de reculer.

– Que savez-vous au sujet des sorcières?

Ulfric haussa les sourcils, surpris par ce changement de sujet.

– Elles ont été chassées de notre territoire il y a bien longtemps. Je ne pense pas en avoir croisé depuis cent ans. Leur âme est généralement trop teintée pour être nourrissante.

Son regard alterna entre Alain et moi.

– Pourquoi cette question?

– Des sorcières ont essayé de nous nuire, dis-je. Ou alors quelqu'un essaie de nous faire croire que c'est le cas.

Ulfric se frotta le menton d'une main, mais ce fut Jordan qui prit la parole.

– Ce sont les vampires qui ont réglé le problème des sorcières. Si quelqu'un peut vous donner plus de détails à leur sujet, ce sont eux.

Je les remerciai et prétextai que nous avions besoin de retourner auprès de notre délégation. Ulfric nous raccompagna jusqu'à la porte et nous confia aux bons soins de Jordan. Ce dernier nous mena sur le toit et je réprimai un grognement. C'était reparti pour un tour sur les planches.

Même si diplomatie et acrobatie rimaient, j'espérais sincèrement que les deux n'allaient pas systématiquement de pair. Sinon ma carrière d'émissaire allait connaître une fin encore plus abrupte que prévue.

Chapitre 10

Je fus soulagée de retrouver notre voiture et mis le chauffage à fond. Le soleil avait percé les nuages et brillait, mais le fond de l'air était humide et le froid transperçait tout sur son passage. Je me frottai les mains en attendant que l'habitacle se réchauffe. À mes côtés, Sorcha fit craquer son cou.

– Ça s'est quand même bien passé, dit-elle.

– Personne n'est mort, répondis-je.

Alain eut un petit rire.

– Ellie, tu es un délice à regarder, comme un enfant dans une plate-bande. Tu piétines et tu arraches sans distinction et ensuite tout le monde s'extasie en inventant un nom à cette nouvelle méthode. C'est brillant.

Je lui lançai un regard perplexe par-dessus mon épaule.

– Tu veux dire que je suis une catastrophe, mais que personne ne va oser me le dire.

Il agita une main désinvolte. Je me tournai vers l'avant et embrayai la voiture pour m'insérer dans la circulation.

– Quelle différence ça fait? demanda-t-il. Tant et aussi longtemps que le résultat est satisfaisant?

Je haussai les épaules.

– J'imagine.

J'envoyai un coup d'œil dans le rétroviseur vers lui. Il avait remis ses lunettes fumées et sa tête était appuyée contre son siège. Mon cœur se serra en repensant à l'histoire d'Ulfric.

– Je suis désolée que ton frère ait étalé ta vie ainsi.

Il redressa la tête et baissa le menton pour me regarder par-dessus ses verres.

— Ne sois pas désolée qu'il soit cruel. La faute lui revient et à personne d'autre. Tu avais raison, d'ailleurs. Je suis tombé victime de ses manipulations. Je ne pouvais pas te laisser y aller seule, même si j'ai fait tout ce que je pouvais pour rester loin de lui ces quinze dernières années.

Je secouai la tête, les yeux sur la route. Il y avait beaucoup de circulation et les gens étaient impatients, se suivant de près.

— J'espère que je n'ai pas embrouillé votre relation encore plus.

Sorcha me tapota la main.

— Tu t'en es bien sortie. Tu devais remettre les démons à leur place et ils vont éviter de te manipuler à nouveau. Ils ne te considéreront peut-être pas comme une égale, mais ils vont certainement dire du bien de toi aux autres. Cette fierté qu'il a étalée de long en large, celle-là même va le pousser à raconter comment tu as si bien déjoué ses plans.

Je fronçai les sourcils.

— Un peu comme un parent fier que son enfant ait déjoué une punition annoncée?

Bastien avait toujours été assez habile pour trouver les failles dans le raisonnement de ses parents. Plus d'une fois, j'avais vu Christian modifier une conséquence, par égard à la justesse des arguments de son fils. Sorcha acquiesça avec un sourire.

— Ça ne réglera pas tout. Certains voudront quand même prendre ta mesure ce soir, mais l'opinion d'Ulfric devrait nuancer l'agressivité avec laquelle ils vont t'aborder.

Je soupirai bruyamment. Les célébrations de ce soir ne pouvaient pas être derrière nous assez vite. Je tournai dans le stationnement de la Gare Viger avec soulagement. Le même valet que la veille attendait devant les portes. À notre arrivée, il nous salua tout aussi formellement.

– Le repas du midi est disponible dans la véranda.

Je le remerciai et suivis les directions jusqu'à la partie avant de la gare. Nous étions dans la zone en brique grise, juste sous la salle de réception. La pièce était un peu plus étroite, tout en long sur la façade. Des tables rondes pour quatre ou six étaient disposées à intervalles réguliers et à l'autre bout, un espace avait été aménagé pour servir le repas. Un vestiaire roulant était poussé au mur pour nous permettre de disposer de nos manteaux.

Des serveurs s'affairaient à débarrasser les couverts de ceux qui avaient déjà terminé leur repas. Une des tables était occupée par deux Faes que je n'avais jamais rencontrés. Annick et les membres de sa délégation venaient de se lever, leur repas visiblement terminé. Elle nous salua de la main et se dirigea vers nous.

– On se voit tantôt; Christian nous a convoqués pour une dernière mise au point.

Sorcha acquiesça et prit la direction du buffet. Je la suivis et effleurai mon amulette pour les poisons. En l'absence de réactions, je me servis. Les discussions du matin m'avaient visiblement creusé l'appétit et je me retrouvai avec une assiette bien remplie. Alain devait être dans la même situation, car il dévora la sienne et s'en resservit une deuxième avant que je termine. Sorcha mangea plus posément, mais remporta la palme avec trois assiettes.

Je savourais mon café, les mains sur ma tasse pour les réchauffer, lorsqu'un mouvement attira mon attention sur le côté. Je levai les yeux pour voir le représentant de l'Alliance des mages se diriger vers nous. Mon regard fit le tour de la salle et nous étions bel et bien sa seule destination possible. Sorcha releva les yeux et repéra ce qui avait attiré mon attention. Elle redéposa sa tasse et déplaça sa chaise pour lui couper la route. Le mage s'arrêta à quelques mètres avec un sourire crispé.

– Jonathan, le salua Sorcha.

Il inclina la tête à son intention et posa les yeux sur moi brièvement avant de saluer Alain. Il ne devait pas avoir plus de trente ans, avec des cheveux bruns bouclés et une barbiche un ton plus foncé. Ses yeux étaient marron clair, encadrés de lunettes rectangulaires. Je l'avais toujours vu habillé en jeans délavés et en t-shirt. Pour les célébrations du Solstice, il avait opté pour des jeans noirs et une chemise sport à carreaux. Je n'aurais pas été surprise de le voir sortir un ensemble de dés de sa poche arrière pour jouer à des jeux de rôle.

– J'ai eu une discussion avec Christian ce matin, dit-il. Je voulais simplement confirmer à la compagne du Windigo que les mages ont abandonné les accusations concernant le massacre de l'Action de grâce.

Je sourcillai à son choix de mots. Visiblement, la décision était politique et la rancœur courrait encore. J'acquiesçai tout de même. Jonathan lança un coup d'œil par-dessus son épaule et s'approcha un peu plus de la table. Sorcha se pencha légèrement vers l'avant, prête à bondir. Le pauvre mage ne semblait pas se rendre compte du danger.

– Tu as la chance d'avoir d'excellents alliés, dit-il. C'est un atout précieux.

Je fronçai les sourcils, incertaine d'y voir un compliment ou une menace.

– L'Alliance des mages n'est pas une organisation agressive, poursuivit-il. Contrairement à certains de tes alliés.

Il se racla la gorge sous le regard sévère de Sorcha avant de reprendre.

– Mais nous sommes prêts à t'offrir l'asile.

La tasse d'Alain percuta sa soucoupe bruyamment. Jonathan se balança d'un pied à l'autre puis le démon se pencha au-dessus de la table.

– Pourquoi aurait-elle besoin de votre protection? Je suis curieux de comprendre votre raisonnement, Jonathan.

Le mage se tourna vers moi.

– Tu es une banale humaine et nous sommes conscients que les circonstances t'ont forcé la main. Si tu souhaites te soustraire aux pressions de la communauté surnaturelle tout en assurant ta sécurité, nous pouvons le faire.

Sorcha se leva avec un raclement de chaise à réveiller les morts. Ou les vampires, dans notre cas. Jonathan recula d'un pas et dut se rattraper sur la table voisine pour éviter de tomber. Il repoussa ses lunettes sur son nez et me lança un coup d'oeil par-dessus l'épaule de Sorcha.

– Tu joues un jeu dangereux, Ellie. Ça risque bien de te coûter la vie.

Il reporta son regard sur la Faoladh.

– Si vous tenez à elle autant que vous le prétendez, ayez la décence de la laisser choisir.

Sorcha acquiesça puis recula d'un pas. Mon regard alterna entre l'air effrayé de Jonathan et l'expression dangereusement neutre de Sorcha. Elle pivota à demi vers moi et tendit la main.

– Ellie, veux-tu accepter la proposition des mages?

Elle avait parlé d'une voix égale, mais je devinais facilement sa colère. Les mages avaient remis en doute la capacité des Faoladh à veiller à ma sécurité. Ce qu'il ne pouvait pas savoir, c'était qu'il crachait aussi sur nos efforts des deux derniers mois pour me permettre de me protéger moi-même.

– Ma situation actuelle me convient.

Jonathan ouvrit la bouche, probablement pour argumenter, lorsque trois personnes entrèrent dans la salle à manger. Le duc Nikolaj était suivi de ses deux gardes du corps. Il plissa les yeux en voyant Sorcha et Jonathan face à face. L'expression sur le visage d'Alain dut lui confirmer que notre conversation ne se déroulait pas très bien et il bifurqua entre les tables et se dirigea vers nous.

Jonathan serra les poings, son regard alternant entre nous et les nouveaux venus. Il se tourna vers moi.

– L'offre sera toujours valide.

– Je vous remercie pour votre considération, répondis-je. Je garderai votre offre en tête si je change d'idée.

Jonathan s'inclina avec raideur devant le duc et s'empressa de quitter la pièce. Comme Nikolaj s'approchait de notre table, je fis mine de me lever pour le saluer en bonne et due forme. Il agita une main.

– Restez assis, je vous prie. Puis-je me joindre à vous?

Alain, qui n'avait pas bougé de sa chaise, lui sourit par-dessus sa tasse.

– Bien sûr, Niko. Tu es toujours le bienvenu.

Le duc lui envoya un regard amusé et tira sur une des chaises.

– Tu as de la chance que je t'aime bien.

Il prit place, ses deux gardes du corps prenant position un peu plus loin de part et d'autre. Son teint était perpétuellement bronzé, faisant ressortir le vert de son regard. Ses traits étaient délicats, de même que son ossature, et donnaient une impression d'érudit plutôt que celle d'un guerrier.

– Comment trouvez-vous l'hospitalité de nos hôtes jusqu'à maintenant?

– Fidèle à sa réputation, dit Alain.

Nikolaj sourcilla, mais ne répliqua pas puis il porta son attention sur moi.

– Je vois que tes alliés ne t'ont pas laissé venir ici sans protection. J'imagine que Marc t'a fourni les amulettes et les glyphes de protection. L'air autour de toi en vibre presque.

Je résistai à la tentation de porter mes mains à ma ceinture et me contentai de lui sourire. Devant mon silence, il se tourna vers Sorcha.

– Le représentant des mages vous cause-t-il encore des soucis? On m'a assuré que l'Alliance cesserait de réclamer réparations au Windigo.

– C'est effectivement ce qu'il nous a confirmé. Avant d'offrir l'asile à Ellie.

Les sourcils de Nikolaj se haussèrent avec lenteur. Il lança un regard dégoûté vers l'arche où était disparu Jonathan avant de reporter son attention sur moi avec un sourire plaisant.

– J'en déduis que tu as refusé.

Je lui souris en réponse et il arqua un sourcil moqueur.

– Devrais-je te faire la même offre au nom du Roi-Mage?

J'ouvris de grands yeux et Sorcha s'étouffa à mes côtés. Il écarta les mains en direction d'Alain et de Sorcha.

– As-tu besoin d'être secourue de tes protecteurs?

– À mon avis, ce sont eux qui ont besoin d'être secourus, dis-je.

Je croisai les bras et Nikolaj eut un ricanement amusé.

– C'est ce que je pensais. Ne les laisse pas te dire où est ta place.

Je clignai des yeux, surprise par sa ferveur.

– La communauté surnaturelle prend trop souvent des décisions en vase clos. Tu leur rappelles que nous ne sommes pas tout puissant sur cette terre. Certains t'en tiennent rancœur, mais pour les autres, ça ramène l'équilibre.

— Les aînés de la meute ont déjà évoqué un argument semblable, dis-je. Ma présence a récemment été qualifiée de piqûre de rappel pour prendre en compte les humains normaux dans leurs décisions. C'est un rôle que je n'aurais pas su comment aborder quelques mois plus tôt. Mais ma relation avec Karl a changé ma perception des choses. Je suis bien décidé à me rendre utile.

Nikolaj hocha la tête.

— Un bon nombre des invités de ce soir te considèrent comme la faiblesse du Windigo, une ouverture à exploiter. Mais je crois que tu es plutôt l'élément qui permet d'éponger une bonne dose d'agressivité. Tu dilues en quelque sorte les instincts les plus violents des parties présentes.

Il tendit une main vers les Faoladh.

— Et je ne parle pas juste de Karl. Tu as humanisé la meute. Je suis arrivé au Québec alors que Christian venait tout juste de prendre son rôle de chef. Ses stratégies étaient trop souvent axées sur l'attaque et il accordait peu de temps à la défense. Tu lui as fait revisiter toutes ses priorités.

Ma gorge se serra et je me contentai d'acquiescer. Sorcha lança un regard faussement sévère au duc.

— Je te le ferai regretter, si elle pleure.

Il fit une grimace faussement contrite et tourna son poignet pour regarder sa large montre-bracelet.

— Je dois vous laisser pour une discussion avec les Faes.

Il tira sur les pans de son veston et se releva. Son sourire me semblait honnête lorsqu'il me salua.

— J'ai toute confiance en tes capacités à trouver ta place.

D'un signe de tête, il salua Alain avant d'attraper la main de Sorcha et d'y déposer un baiser. Elle se laissa faire avec un sourire indulgent. Je le regardai s'éloigner, perplexe.

— Tu as droit un baise-main et pas moi?

Sorcha se tourna avec un coup d'œil amusé.

— Le Windigo ne tolérerait pas qu'on touche à sa compagne. Seuls les idiots ou les impudents oseront s'en prendre à toi autrement que par la parole. En public, tout du moins.

J'étais incapable de trouver une réponse intelligente à cette information. Un éclat de lumière me fit cligner des yeux et la plume de l'Oiseau de feu apparut sur mes couverts. Je m'empressai de l'attraper et de la mettre sous la nappe. Sa chaleur irradiait dans mes paumes lorsque je sentis mon cellulaire vibrer dans mes poches. Je le sortis d'une main, et assurément, l'écran affichait un message de Sarah que je tendis vers les autres.

— Notre amie est arrivée.

# Chapitre 11

Alain replia sa serviette le long de son assiette et se leva. Nous voyant quitter la table, un serveur s'approcha et confirma que le repas nous avait satisfaits. J'acquiesçai avec un sourire, incertaine d'avoir affaire à un réel serveur ou une marionnette des vampires. Mon autonomie était un aspect important et de voir des gens qui devaient une obéissance aveugle à un maître surnaturel me semblait paradoxal. Je ne pouvais m'empêcher de me demander si les marionnettes étaient réellement consentantes.

Sorcha haussa un sourcil interrogateur devant mon hésitation. Je secouai la tête et la suivis vers le vestiaire pour récupérer mon manteau que j'enfilai sans l'attacher. Même si j'allais avoir trop chaud, au moins j'aurais les mains libres. Alain passa l'arche qui menait à la porte arrière. Par les fenêtres qui donnaient sur le stationnement, je vis un taxi au bord du trottoir, facile à identifier avec son dôme.

Des bruits de pas nous firent tourner. Dans le corridor adjacent, Jalia arriva d'un pas mesuré. Cette fois, sa robe lui arrivait aux genoux, tout en dentelle avec les épaules nues. Si la tenue était délicate, son regard venait souligner sa réelle nature prédatrice. Elle nous salua d'un hochement de tête et se tourna vers Sorcha.

– On m'a demandé de réviser la sécurité de la salle de réception avec une Sentinelle des Faoladh. Chaque groupe en a fait de même.

Les mâchoires de Sorcha se crispèrent et elle m'envoya un rapide coup d'œil. J'agitai une main pour la rassurer.

– Je serai avec Alain et Sarah. On se rejoint après.

Elle acquiesça et suivit Jalia vers l'étage supérieur. Dans le stationnement, le conducteur venait d'ouvrir le coffre et en sortait deux valises. La portière arrière s'ouvrit et Sarah sortit du véhicule. Alain passa la porte et une rafale d'air froid me fit frissonner. Je remontai la fermeture éclair de mon manteau avec empressement et sortis à mon tour. Sarah terminait de faire une accolade à Alain et se tourna vers moi avec un sourire.

– Avez-vous fait bonne route? demanda-t-elle.

J'échangeai un regard avec Alain à mes côtés.

– La route a été bonne. Notre arrivée a été... intéressante.

Gill ne serait certainement pas du même avis. Alain pointa les bagages.

– Nous pourrons t'en parler une fois que tu seras installée.

Sarah acquiesça, ayant deviné que nous ne voulions pas en parler en public. Le valet approcha un chariot et y plaça les deux valises. Sarah le remerciait lorsque les portes s'ouvrirent derrière nous. Deux femmes avec de longs manteaux noirs cintrés sortirent du bâtiment. La ressemblance entre elles était assez prononcée pour qu'elles soient apparentées. Elles avaient le même visage ovale encadré de longs cheveux brun foncé. La première nous offrit un sourire engageant et fit signe au voiturier.

– Jalia nous envoie prendre la relève. Je suis Enrica et voici Maria, dit-elle à Sarah. Nous vous avons préparé des quartiers tout spécialement sécurisés pour votre séjour parmi nous. Si vous voulez bien me suivre.

Plutôt que de retourner vers l'intérieur, elle prit la direction de la partie de la gare qui ressemblait à un entrepôt. J'échangeai un regard perplexe avec Alain. Enrica avait déjà pris les devants et Maria écarta une main pour nous inviter à la précéder, un sourire agréable aux lèvres. Son regard se plissa devant mon hésitation. Quelque chose me mettait mal à l'aise, mais je fis un effort pour me détendre. C'était probablement le simple fait d'être entourée d'étrangers et de créatures surnaturelles.

Notre chemin nous mena vers une rampe d'accès jusqu'à une lourde porte en métal. Enrica tira un bon coup et la tint pour éviter que le vent ne la repousse. Une fois à l'intérieur, un corridor s'étendait de chaque côté, illuminé par des lumières au néon d'un blanc cru. Leur léger bourdonnement était le seul son pour accompagner le bruit de nos pas. Je pouvais comprendre que Sarah aimait la solitude, mais ces quartiers me semblaient terriblement isolés. Enrica s'arrêta finalement devant la dernière porte au bout du corridor. Elle la déverrouilla et fit signe à Sarah de la précéder. Alain poussa le chariot à l'intérieur à sa suite et le plaça de côté.

Maria me coupa le passage et entra dans la pièce sans un regard pour moi. Je me figeai un instant, les bras parcourus de frissons. Soit elle avait voulu être désobligeante, soit elle ne m'avait pas vu. Selon cette deuxième option, ça signifierait que mon camouflage magique avait pris le dessus sur ses sens. Le glyphe que j'avais absorbé à l'âge de cinq ans avait pour but de me camoufler à la vue des prédateurs, quels qu'ils soient. Je ne pouvais donc pas écarter que la marionnette nous voulait du mal.

J'entrai dans la pièce avec circonspection et m'assurai de garder un espace dégagé entre la sortie et moi. Enrica s'était avancée jusqu'à l'autre extrémité de la pièce pour expliquer les installations à Sarah. L'endroit était beaucoup plus austère que notre suite dans l'aile ouest de la Gare. Je pivotai sur moi-même pour avoir une meilleure idée de l'aménagement. Alain s'était éloigné pour étudier le coin cuisine et Maria l'y suivit.

Alors que je me tournais vers Sarah, un éclair de lumière m'aveugla. Un craquement fendit l'air accompagné d'une odeur de carbonisé et je reculai contre le mur de surprise. Mon souffle resta coincé dans ma gorge et une vague de panique monta en moi. Mes mains cherchèrent le mur pour me stabiliser. Je clignai des yeux à plusieurs reprises et ma vision se rétablit enfin.

Au centre de la pièce, un énorme cercle était apparu, illuminé d'une lueur jaune intense. Des dessins semblables à ceux que j'avais pris en photo sur la porte hier occupaient tout le centre du cercle.

Sarah pivota et tenta de sortir des lignes. Un autre éclair de lumière l'en empêcha et des flammèches coururent sur la longueur du cercle depuis le point d'impact.

Sa silhouette se brouilla et elle prit la forme de l'Oiseau de feu. Ses ailes faisaient tout le diamètre du cercle. Le rouge de ses plumes semblait orange sous la lumière des lignes. Elle tenta de prendre son envol, mais la couleur jaune s'intensifia et les ailes de l'oiseau s'aplatirent au sol. Elle ouvrit son bec et un cri de frustration me perça les tympans.

Je tournai la tête et vis Alain qui se battait avec Maria. Il la projeta au mur à l'aide d'une bourrasque ciblée, mais elle ne fit que pivoter contre la surface et sauter sur lui.

Alain évita sa charge de peu.

Il tendit une main pour envoyer une autre bourrasque, mais celle-ci manqua sa cible et projeta le chariot à bagages contre le mur.

Mes muscles étaient tétanisés à l'idée que nous étions attaqués en plein jour. De la sueur glacée perlait sur mon front. Je m'étais attendue à quelque chose dans une allée sombre, avec des opposants masqués. Visiblement, j'avais manqué d'imagination.

Une voix dans ma tête, assez semblable à celle de Sorcha, me criait de fuir. Elle avait martelé que je devais prioriser la fuite avant le combat.

La porte se trouvait à quelques mètres de moi. Elle avait été refermée, mais je doutais qu'elle soit barrée. Dans le cercle magique, une tornade de feu s'élevait vers le plafond avec Sarah en son centre. Le sol autour était fendillé et noirci. De la fumée s'élevait des meubles à proximité et l'endroit ne tarderait pas à prendre feu à ce rythme. Alain se battait toujours avec son adversaire et je n'arrivais pas à distinguer s'il prenait le dessus.

Enrica s'avança vers le cercle, une dague à la main. Elle leva la lame et la passa sur sa paume ouverte. Du sang se mit à perler instantanément et de grosses gouttes tombèrent au sol. Elle secoua la lame en direction du cercle et les glyphes brillèrent de plus belle au contact du sang. Elle écarta les bras et leva les yeux au ciel.

– Aeolus, donne-moi la force. Metis, donne-moi la sagesse. Kratos, donne-moi le pouvoir. Soumets cette créature à ma volonté.

Un frisson d'horreur me parcourut à l'idée que ces femmes tentaient de voler le libre arbitre de Sarah. La fuite était un bon plan pour se battre un autre jour. Mais il n'y aurait pas de suite à ce combat si je laissais la mère de Karl tomber sous les coups de l'ennemi.

Je relevai mes manches avec les mains tremblantes. Lorsque mon manteau se révéla trop épais, je m'en défis et le jetai au sol. Je traçais le glyphe de vitesse sur mon bras gauche et dus m'y prendre à deux fois pour le sentir s'activer.

Un chatouillement remonta tout mon corps avant de se disperser. Mes mâchoires se crispèrent et je fermai les yeux le temps que la sensation se dissipe. Mes doigts tracèrent l'autre symbole sur mon avant-bras droit et le glyphe de force s'activa. La nausée me barra l'estomac aussitôt. Je respirai par la bouche et priai pour que le malaise passe rapidement.

Je me secouai et sprintai jusqu'à Enrica. Comme elle me tournait le dos, je lui envoyai un coup de poing dans les reins. Elle se plia en deux et j'en profitai pour attraper son poignet. Je lui tordis le bras dans le dos et elle cria de douleur.

La dague tomba au sol avec un tintement métallique.

Comme elle résistait encore, je lui envoyai un coup de pied derrière le genou pour lui faire perdre l'équilibre. Sorcha m'avait fait tomber ainsi à plusieurs reprises et j'éprouvais une certaine satisfaction à l'utiliser à mon tour. Mais le poignet d'Enrica était recouvert de sang et ma prise glissait.

J'hésitais à activer un troisième glyphe. L'un d'eux était à usage unique et me permettrait de figer ma victime. Mon hésitation dura trop longtemps et le cercle choisit ce moment pour se rompre. Le souffle de l'explosion m'envoya rouler au sol et je perdis ma prise sur Enrica.

L'Oiseau de feu cria victoire et transperça le plafond dans une boule de feu flamboyante. Mon adversaire se releva en même temps que moi et me sauta dessus. J'esquivai ses mains tendues, mais ne vis pas le coup de pied qu'elle m'envoya dans la cuisse. Un grognement m'échappa à l'éclair de douleur. Elle se mit à marteler ma garde de coups de poing et j'en évitai plusieurs, mais dus me résoudre à encaisser les autres.

Je profitai d'une ouverture pour lui envoyer un direct au visage, mais elle devina mon intention. Elle esquiva et attrapa mon poignet. Je pouvais entendre Sorcha gronder devant mon erreur. Elle me tira vers elle et je l'entendis psalmodier. Une horrible douleur se diffusait depuis l'endroit où elle me tenait. Je baissai les yeux et vis ma peau commencer à noircir. Paniquée, je tirai de toutes mes forces pour me dégager.

Une étrange sensation à la taille me fit sursauter.

Une boule brune tomba au sol et quelques secondes plus tard, le buckdjeuve était debout à mes côtés. Il était un peu plus grand que moi, ses bois le rendant encore plus imposant. Son visage était un mélange de traits humanoïdes et ceux d'un lièvre. Enrica me lâcha de surprise et tendit les mains vers ce nouvel adversaire. Il ne lui laissa pas le temps de finir son incantation et sauta sur elle.

Ses griffes lui lacérèrent le torse avant qu'elle ne réagisse. Elle tenta de tourner les talons pour fuir, mais le buckdjeuve l'attrapa par les épaules, déchiquetant la peau de ses clavicules. Elle tomba à genoux avec un cri de douleur. Il se pencha et d'un coup de dent lui arracha la moitié de la nuque.

Un jet de sang m'atteignit, barrant mon chemisier d'une ligne écarlate.

Mon regard resta fixé sur cette tache rouge. Mes oreilles fonctionnaient comme si j'étais sous l'eau et les sons me parvenaient distordus. Des mains griffues se posèrent sur mes bras et je relevai les yeux pour me retrouver face au buckdjeuve.

Ses yeux étaient complètement noirs et son nez était presque plat. Impossible de deviner ce qu'il pensait. Ni même s'il pensait comme un humain.

Ce n'était pas le moment de me laisser aller à la panique.

Je clignai des yeux et le buckdjeuve me relâcha avec un hochement de tête satisfait. Je me tournai vers l'autre côté de la pièce à la recherche des autres. Alain était adossé au mur, un bras en travers du torse.

Sarah avait repris sa forme humaine et tenait Maria par la gorge. Ses yeux brûlaient d'un feu rouge semblable à celui du Windigo. J'avalai péniblement et avançai vers eux, le buckdjeuve à mes côtés. Malgré sa mauvaise posture, Maria regardait Sarah avec dégoût. L'Oiseau de feu lui donna une secousse.

– Qui t'a donné l'ordre de nous attaquer, sorcière?

La surprise me fit redresser les épaules. La femme offrit une grimace souriante à Sarah tandis que ses ongles griffaient pour se libérer. Sarah resserra sa prise et la peau de Maria se mit à grésiller.

– Pour qui travailles-tu? Les vampires ou les Faes? Parle et je te tuerai rapidement.

– Le coven se souvient de toi, la bergère maléfique.

Sarah eut un rictus amusé.

– Oui, mon mari trouvait la chair des sorcières tout particulièrement délicieuse. Je me suis fait un plaisir de lui servir plusieurs de tes semblables. Mon fils partage peut-être les préférences de son père.

Mon regard alterna entre Alain et les deux femmes et je vis clairement la sorcière blanchir aux paroles de Sarah. Elle approcha son visage de sa captive.

– Maintenant, dis-moi quel maître tu sers.

– Le coven ne s'incline devant personne. Nous allons faire payer l'oppresseur qui a voulu nous chasser de nos terres. Vous allez tous brûler.

Elle se mit à psalmodier et ses yeux se révulsèrent. Sarah cria de frustration, mais le corps de la sorcière était déjà mou, un filet de mousse blanche aux coins de ses lèvres. Elle la relâcha et le corps tomba au sol avec un bruit sourd.

Son regard de braise se posa sur moi, puis sur le buckdjeuve. Ce dernier gronda et elle leva une main en signe de paix avant de rejoindre Alain. Il secoua la tête alors qu'elle inspectait ses côtes.

– Un peu de repos et je serai comme neuf.

Il grimaça lorsqu'elle l'aida à se redresser. Je passai mon bras sur mon front pour y essuyer les dernières gouttes de sueur.

L'intervention du buckdjeuve m'avait sauvé la vie.

Mes mains se mirent à trembler et je serrai les poings. Je me tournai vers lui pour le remercier, mais il avait déjà repris la forme d'un lièvre et il s'affairait à laver son pelage. Je retournai récupérer mon manteau près du mur et jetai un coup d'œil à mon cellulaire.

– Il ne nous reste que quelques heures avant les célébrations du Solstice.

Mon regard survola la destruction dans la pièce.

– Si tu ne vois pas d'inconvénient à partager un lit avec Alain, je crois que tu devrais venir dans nos quartiers pour ce soir.

Sous le coup d'œil interrogateur de Sarah, il acquiesça, les lèvres pincées. J'ouvris mon cellulaire et envoyai un message sur le groupe que Christian avait créé pour l'occasion.

« Nous revenons à la chambre avec un blessé. »

Sorcha « Je vous rejoins. Où êtes-vous? »

Je lui donnai rendez-vous à la porte extérieure de la Gare. Je refermai mon manteau, soulagée qu'il camoufle les preuves du combat, puis je fis un arrêt au lavabo pour me laver les mains et le visage, imitée par Alain et Sarah.

Le buckdjeuve s'approcha de mes pieds et posa une patte sur ma botte. Je tendis les mains vers lui, mais il s'ébroua avant de disparaître, ne laissant que la patte de lapin dans ma main comme preuve de sa présence.

## Chapitre 12

La traversée du stationnement se fit lentement, mais Alain insista pour la faire par ses propres moyens. Sorcha était devant la porte d'entrée à notre arrivée, aux côtés d'un voiturier anxieux.

— Que s'est-il passé?

Je secouai la tête. Nous avions convenu de ne pas parler de l'attaque en public. Elle fronça les sourcils, mais n'insista pas. Elle ouvrit la porte et la tint pour nous laisser passer. Le trajet jusqu'à notre suite se fit en silence.

Rian nous attendait au bout du couloir et nous étudia de la tête aux pieds avant d'ouvrir la porte. Christian était au milieu du salon devant la table basse et le contenu d'une trousse de premiers soins était visible. Son regard nous parcourut tous les trois avant de s'arrêter sur mon visage.

— Tu vas vouloir mettre de la glace avant que ça ne tuméfie.

Je portai une main à ma joue et grimaçai à ce simple contact. Sorcha apparut à mes côtés et me tendit un sac de glaçons enroulé dans une serviette humide. Je la remerciai avant de me débarrasser de mon manteau et m'adosser contre le comptoir de la cuisinette.

Christian se tourna vers Sarah qui aidait Alain à prendre place sur un sofa. Il déboutonna sa chemise avec une grimace. Christian s'agenouilla devant lui et lui tâta les côtes. Le démon pâlit de quelques tons et son souffle se coupa.

— Respire, ordonna Christian, les yeux rivés sur sa tâche.

Alain baissa les paupières et obéit. Je pinçai les lèvres et levai les yeux au ciel pour en chasser les larmes.

Nous avions frôlé la catastrophe de peu.

Christian fit signe à Rian et ils s'affairèrent à bander les côtes d'Alain. Gill sortit de la chambre du fond en boitillant. Il vint me rejoindre et m'offrit un triste sourire. Ses yeux étaient plus cernés qu'à l'habitude et son teint était presque cendreux.

– Est-ce que tu tiens le coup? murmurai-je.

Il haussa les épaules.

– Christian a parlé au Bonhomme Sept Heures, mais on dirait bien que c'est un cul-de-sac. Il pense qu'on va devoir se résoudre de demander de l'aide aux Faes si Bryan et Karl ne trouvent pas les sorcières.

Ma gorge se serra à l'idée que son temps était peut-être compté et je reportai mon attention sur le salon pour masquer mon malaise. Une fois le travail terminé, Christian passa une couverture à Alain pour qu'il se couvre.

– Es-tu assez en forme pour participer au compte-rendu ou préfères-tu aller te coucher?

Il agita une main et s'étendit sur le côté.

– Ça va, dit-il entre ses dents.

Christian me fit signe d'approcher et je les rejoignis. Sarah lui raconta son arrivée à la Gare, suivie de notre altercation avec les sorcières. Une fois terminée, elle prit un air songeur.

– Elles avaient d'excellents camouflages. Je n'ai jamais détecté leur signature magique avant que le cercle ne s'active.

Elle se tourna vers Alain et il secoua la tête.

– Moi non plus. À ma connaissance, elles étaient humaines avec une trace de magie semblable à celles des marionnettes.

Christian répéta les paroles de la sorcière et se passa une main sur le menton.

– Je doute que le coven soit sans attache. Elles n'auraient pas pu se trouver sur le territoire de Félicitée sans que quelqu'un les ait aidées à se dissimuler. L'oppresseur, est-ce que ce serait les vampires? Après tout, ce sont eux qui ont chassé les sorcières.

Je me penchai vers l'avant.

— Je n'ai jamais entendu parler de sorcières jusqu'à hier, dis-je. D'où sortent-elles?

Sarah retroussa le nez avec dédain.

— À une certaine époque, elles étaient la sorte de créatures surnaturelles la plus répandue. Ce sont de véritables plaies; elles mettent le feu partout sur leur passage.

Je haussai un sourcil perplexe. Venant d'une créature du feu, c'était un drôle de reproche. Christian se tourna vers moi, plus modéré.

— Elles ont tendance à se tenir en groupe. À l'instar des mages, plus il y a d'utilisateurs magiques au même endroit, plus il y a des effets secondaires. C'est pour ça que l'Alliance des mages est un regroupement de cellules et non une seule entité.

Je fronçai les sourcils.

— Je ne comprends pas.

Sarah agita une main.

— Le trône du Roi-Mage est en réalité un énorme catalyseur qui permet à la cour de poursuivre ses opérations sans souci. Il aura fallu plusieurs années à des dizaines de mages, les meilleurs, pour arriver à ce résultat. C'est d'ailleurs un des atouts qui leur permet de garder la main mise sur la communauté surnaturelle.

Christian acquiesça et reprit.

— Les sorcières ont été gravement touchées par l'Inquisition. Éventuellement, un grand nombre d'entre elles se sont établies à Montréal et elles ont causé de terribles incendies en 1852. Elles en ont été bannies et on leur a interdit les rassemblements.

Alain retira le bras qu'il avait posé sur ses yeux.

– On en a vu si peu par la suite, j'étais convaincu que Félicitée les avait toutes tuées.

Sarah secoua la tête.

– Je confirme que Lorens en a éliminé plusieurs dans les années 80.

Le souvenir du surnom que la sorcière lui avait donné me revint en tête. La bergère maléfique. Quel étrange choix. Mais l'expression neutre de Sarah me fit garder le silence malgré ma curiosité. Sorcha fit quelques pas de long en large, les lèvres retroussées sur ses dents. Elle qui était habituellement si désinvolte, la situation semblait faire ressortir son côté animal.

– Alors, quoi? Elles veulent se venger des vampires et elles ont décidé de passer par nous?

Sarah pinça les lèvres.

– Dans mon cas, c'est probablement une vendetta personnelle.

– Elles veulent peut-être l'artéfact, dis-je.

Tous les regards se tournèrent vers moi. J'avalai péniblement et m'efforçai de terminer mon idée.

– Mab est arrivée ici avec un vampire, ce qui nous laisse croire qu'elle se mêle des affaires des autres. On sait aussi que les Faes sont derrière l'agitation des dernières années. Elle s'est peut-être alliée aux sorcières pour parvenir à ses fins.

Le fait que le frère de Greg soit au service de Mab me faisait l'effet d'une épine dans les côtes. Je n'arriverais pas à respirer librement tant que je ne saurais pas s'il était dans cette position de son plein gré ou sous la menace. Je n'étais probablement pas la seule à penser ainsi vu la crispation des mâchoires de Christian. Il leva les yeux vers Sarah.

– L'artéfact est-il en sécurité?

Elle soupira et se leva.

– J'ai peut-être surestimé ma propre inviolabilité en choisissant la façon de l'occulter. Mais je dirais qu'avec votre aide, il le restera.

Elle descendit la manche de son haut pour dévoiler son omoplate. Le haut d'un tatouage était visible : le centre était couleur peau et l'extérieur ressemblait au résultat d'une explosion sur un mur. Le contour de l'objet était tracé par des marques noires, telle de la suie. Le tracé laissait deviner un objet pointu, probablement un joyau, serti au milieu de longues griffes. Le manche de l'artéfact se perdait sous le pull de Sarah. Alain siffla.

– Ça a dû prendre des heures.

Elle replaça son vêtement et nous refit face avec haussement de sourcil moqueur.

– Oui. Je ne le sortirai pas de là sans une excellente raison.

Elle fit rouler ses épaules.

– Je sens déjà la clé qui l'appelle. C'est comme si j'avais des araignées sous la peau.

Christian se passa une main sur le menton.

– Notre pari devrait porter fruit. Les traîtres auront la clé avec eux ce soir pendant les célébrations. Ça ne rendra que plus facile l'exécution de notre plan. Veux-tu qu'on repasse le déroulement de la soirée? dit-il à Sarah.

Elle acquiesça et s'éloigna avec lui. Sorcha s'approcha de moi, son regard rivé sur la trace écarlate qui barrait mon torse. Sa mine sombre me laissait aisément deviner ses pensées. Je la pris de vitesse avant qu'elle ne me fasse des reproches.

– La fuite n'était pas une option.

Son regard fouilla le mien et elle hocha la tête. Alain s'agita dans son divan.

– Elle s'est bien battue. Mieux que moi.

Je secouai la tête.

— J'ai eu l'aide du buckdjeuve.

Je n'osais pas spécifier que sans lui, je n'aurais peut-être pas été vivante pour parler de l'expérience, mais le regard de Sorcha confirma qu'elle n'était pas dupe. Je haussai les épaules.

— Et la sécurité de la salle?

Sorcha montra les dents.

— Des formalités inutiles. J'ai presque envie d'accuser Jalia d'être du côté de la conspiration.

Je me tapotai les lèvres. Il était temps de mettre à profit mes aptitudes de simple humaine.

— A-t-on une façon de faire parvenir un message à Félicitée, sans que ses laquais n'en aient connaissance?

Elle fronça les sourcils.

— Elle a un cellulaire, même si elle donne l'air d'être restée coincée dans le passé.

— Et il n'y a qu'elle qui y a accès?

Alain fit une grimace.

— Les créatures surnaturelles ne sont pas à l'abri de la dépendance. J'ai entendu dire qu'il ne la quitte pas.

J'écartai les mains.

— A-t-on son numéro?

Sorcha me fit signe de la suivre jusqu'à Christian et Sarah. Ils levèrent les yeux à cette interruption et Christian lui tendit l'écran de son cellulaire. J'eus une hésitation en sortant le mien. Je me tournai vers Sarah et lui expliquai mon idée.

— Es-tu partante pour envoyer mon message à Félicitée?

Elle plissa les yeux et acquiesça lentement avant de me tendre son cellulaire. Je tapai le message et le leur montrai. Un sourire étira les lèvres de Sorcha et les sourcils de Sarah grimpèrent haut sur son front. Elle acquiesça et j'envoyai le message. Rien de bien compliqué.

« La qualité du service d'Enrica et Maria laisse grandement à désirer. Quel message tentez-vous de passer? »

— Sa réponse devrait nous en dire beaucoup.

Christian me lança un regard suspicieux.

— Quand es-tu devenue si agile aux jeux politiques?

Je haussai un sourcil moqueur.

— Il faut croire que la vie avec la meute m'y a mieux préparé que je ne le croyais.

Son visage se fendit d'un sourire et Sorcha étouffa un grognement amusé. Sarah me reprit le cellulaire avec un regard ironique. Toutes ces années à observer avaient finalement porté fruit. Christian lança un coup d'œil à sa montre et se leva.

— Allez vous préparer pour ce soir. On quitte la suite dans une heure.

Je frottai mes mains sur mes pantalons, soudainement nerveuse.

— As-tu eu des nouvelles de Bryan et Karl?

Il acquiesça et tapota sa poche où se trouvait son cellulaire.

— Ils ont trouvé un endroit où habitent des sorcières, mais on ne sait pas trop si ce sont celles que nous cherchons. De toute évidence, Félicitée n'a pas été très assidue à surveiller son territoire. Ils vont nous rejoindre directement à la réception de ce soir. Ne t'en fais pas pour eux.

Je hochai la tête et tournai les talons vers ma chambre. J'étais loin d'être inquiète pour Karl. Maintenant que mes propres émotions s'étaient calmées, je pouvais sentir les siennes. Il y avait bien de la frustration, mais je ressentais principalement l'exaltation de la chasse.

Avec Bryan à ses côtés, j'avais confiance qu'il me reviendrait en un morceau. Mais j'aurais aimé l'avoir en renfort pour affronter la réception de ce soir. Une fois la porte de la chambre refermée derrière moi, je remarquai un coffret sur le lit avec un morceau de papier.

« Pour ce soir. Karl »

Je pris le coffret et l'ouvris avec précaution. Un collier en argent, ou peut-être était-ce de l'or blanc, reposait sur l'écrin. Le milieu de la chaîne était occupé par un rubis en forme de goutte. La pierre était aussi grosse que mon pouce et brillait d'un rouge presque rose. Son contour était décoré de petites pierres incolores. J'approchai le bijou de la lumière. À leur éclat d'un blanc pur, c'était probablement des diamants.

Au centre du boîtier, deux pendants d'oreilles reprenaient le même style. Une minuscule goutte rouge décorait le clou, puis toute la longueur du pendant était sertie de diamants pour se terminer par un autre rubis, celui-ci un peu plus gros que le précédent. Je refermai le coffre avec des mains tremblantes.

Je n'osais même pas penser au prix d'un tel ensemble.

Mais je devais donner raison à Sarah; avec de telles preuves de son affection, les autres seraient mal venus de m'affronter sans raison. Je fermai les yeux et pris quelques bonnes respirations. Mon seul désir était d'enfiler un pyjama, m'installer parmi les oreillers et dessiner pour les prochaines heures. Dans mon état actuel, j'aurais probablement pu noircir un cahier entier. Je secouai mes mains pour en chasser les fourmillements.

La douche fut mon premier arrêt. L'eau me fit grimacer à plusieurs reprises et je ne m'attardai pas trop. Alors que j'épongeais l'eau à ma sortie, je réalisai que ma cuisse et mes côtes se coloraient de bleu et de mauve. Je levai les yeux vers le miroir et mon cœur manqua un battement. Ma lèvre était fendue et le côté de mon visage était tuméfié.

Je ne pouvais pas aller à la réception ainsi.

Parmi les glyphes, Marc m'avait expliqué que l'un d'eux pouvait guérir des blessures mineures. Mais son usage était unique. Je haussai les épaules avec fatalité. Ce n'était pas comme si j'avais le choix. Je le traçai pour l'activer. Une chaleur se propagea depuis mon bras et se répandit dans tout mon corps. Un soupir de soulagement m'échappa lorsque ma cuisse cessa d'élancer. Je me penchai vers le miroir pour observer les ecchymoses qui s'estompaient sous mes yeux.

Soulagée, je séchai mes cheveux avant d'ouvrir mon cellulaire pour regarder le tutoriel que Geneviève m'avait envoyé. Je suivis les étapes pour arriver à un chignon déconstruit. Je décalai ma séparation naturelle et plaçai ma frange en un voile artistique sur le côté de ma tête. Après une armée de bobépines et une bonne dose de laque, le résultat ressemblait finalement à celui de la vidéo.

Je passai à mon maquillage. Pinceau en main, je repensai au collier qui m'attendait dans la pièce voisine. J'avais eu l'intention d'y aller avec des yeux charbonneux, mais optai plutôt pour une version plus discrète. J'enfilai ma robe et vérifiai que j'avais le nécessaire dans ma pochette de soirée. La prudence me poussait à laisser la plume dans la chambre, mais j'y ajoutai la patte de lapin.

Le buckdjeuve était un atout trop précieux pour m'en passer.

Vint enfin le tour des bijoux. Le fermoir du collier me donna du fil à retordre et je regrettai l'absence de Karl une fois de plus. Ma main s'attarda sur la pierre à mon cou. Son poids me faisait une drôle d'impression. Je m'arrêtai devant le miroir pour m'assurer que tout était à sa place et pris une bonne inspiration avant d'ouvrir la porte.

À mon entrée dans le salon, Christian releva la tête et me sourit. Il avait revêtu un costume trois pièces noires avec une cravate aux reflets argentés. Un mouchoir de la même couleur sortait de sa poche de poitrine. Son regard s'attarda sur ma gorge et il sourcilla à la vue des pierres précieuses.

Alain se leva du fauteuil où il se reposait. Le geste était plus fluide que cet après-midi et j'en fus soulagée. Son costume était aussi un trois pièces, mais beaucoup plus cintré que celui de Christian. Ses épaules étroites étaient mises en valeur par la coupe et la couleur grise faisait ressortir le bleu de ses yeux. Sa barbe de fin de journée lui donnait un air de garçon, contrastant avec la formalité de ses vêtements, et rappelait son style habituel. Il mit les mains dans ses poches et inclina la tête sur le côté avec un sourire.

— Tu vas assurément attirer les regards.

La porte derrière moi s'ouvrit et j'entendis Sarah répondre.

— Comme le devrait une dame.

Elle s'arrêta à ma hauteur et m'étudia de la tête aux pieds.

— Mon fils aura la cavalière la plus ravissante.

Je sentis le rouge me monter aux joues et pinçai les lèvres. Je me contentai de secouer la tête, incapable de réfuter son affirmation. Elle était elle-même saisissante avec une robe fourreau en satin bordeaux. La coupe était simple et chic. À ses oreilles, une paire de perles y scintillait, mais c'était ses seuls accessoires.

Sorcha ouvrit la porte face à nous et je haussai les sourcils à sa vue. Je ne me rappelais pas l'avoir déjà vu en robe. Elle me fit un sourire coquin et tournoya sur elle-même. Ses cheveux lilas cascadaient librement dans son dos, contrastant avec sa robe d'une couleur violet intense, quelques tons plus foncés. Le col lui montait jusqu'à la gorge et toute la poitrine était décorée de dentelle. La coupe de la robe était plus courte à l'avant et se rendait jusqu'au sol à l'arrière. Elle me fit un clin d'œil.

— Plus pratique pour courir.

Je lui souris. J'avais choisi une robe courte et des escarpins aux talons discrets pour la même raison. Christian se tourna vers Rian et lui donna quelques consignes pour la soirée. Gill n'était nulle part en vue et j'eus un pincement au cœur. Le week-end était loin de se passer comme prévu pour lui.

Une fois Mab hors d'état de nuire, nous serions sûrement en mesure de trouver un allié pour retirer sa malédiction.

# Chapitre 13

Christian ouvrit la porte de la suite et nous fit signe de le précéder. Alain offrit son bras à Sarah et elle le prit avec un hochement de tête gracieux. Dans le couloir, Christian me sourit et me tendit son coude. Je le pris avec un frisson d'anticipation.

Les enjeux étaient plus élevés que jamais. Si les choses devaient mal tourner, ce serait ce soir. La voix de Christian me tira de mes réflexions.

— Tu n'as plus grand-chose à voir avec la petite fille aux cheveux en bataille qui se cachait dans les fourrés autour de la maison.

Je lui envoyai un coup d'œil perplexe. Son regard était fixé vers l'avant, mais son expression était amusée.

— Il y avait toujours quelqu'un pour me sortir de ma cachette, dis-je.

— C'est à ça que sert la famille; t'aider à vaincre les monstres qui te pourchassent, qu'ils soient réels ou imaginaires.

Ma respiration se bloqua dans ma gorge et je clignai des yeux pour en chasser les larmes.

— Ne me fais pas pleurer juste avant d'arriver à la salle de réception.

Il serra ma main contre lui, un sourire gamin aux lèvres. Je m'appliquai à respirer tandis que les bruits des festivités se faisaient entendre. Il s'arrêta juste avant d'entrer dans la salle. L'éclairage des lustres avait été tamisé pour donner une ambiance feutrée. Les colonnes étaient toutes illuminées de mauve. Des tables rondes avec huit chaises avaient été disposées au fond de la salle. La première moitié ne contenait que de hautes tables cocktail dont les nappes noires allaient jusqu'au sol.

Je survolai l'endroit du regard et comptai rapidement déjà une quarantaine de convives. Félicitée était dans un coin agrémenté de sofa et elle recevait les salutations des invités avec la grâce d'une reine. Nous n'étions ni les premiers ni les derniers arrivés. Sarah nous fit un sourire d'excuse.

– Je vais aller saluer Félicitée. Je vous tiens au courant pour sa réponse à notre petit message.

J'acquiesçai, n'osant pas lui souhaiter bonne chance à voix haute. Christian posa sa main sur la mienne et je relevai les yeux vers lui.

– Je te laisse avec Sorcha, mes discussions avec les Faes n'ont pas avancé autant que je l'aurais voulu. La présence de Titania modifie les rapports de force entre les conseillers de Mab.

J'acquiesçai et le regardai s'éloigner. Tous les hommes étaient en costume, même si certains portaient des variantes historiques. Du côté des femmes, il y avait tous les styles et toutes les couleurs. J'étais parmi les plus raisonnables avec ma petite robe noire, quoique loin d'être la seule.

Un groupe de vampires se tenait un peu plus loin, facile à reconnaître à leur teint pâle et ce regard prédateur, mais aussi par la présence d'Ichiro parmi eux. La plupart avaient opté pour la dentelle ou le velours. Sorcha avança de quelques pas et je la suivis par réflexe, mon regard toujours sur la foule.

Titania était dans le coin opposé aux vampires, plusieurs Faes regroupés autour d'elle. Sa robe était en satin recouverte de paillettes avec un col bénitier dont la frange du bas faisait penser à l'époque des années folles. Avec sa haute stature et sa minuscule taille, elle aurait été à sa place dans un défilé de mode.

Sorcha mit une main sous mon coude pour attirer mon attention. Un serveur s'était approché avec un plateau de flûtes. Je suivis son exemple et en pris une avec un remerciement. J'avalai une gorgée et sourcillai à l'effervescence agressive.

– Ils ont sorti les bonnes bouteilles, chuchota Sorcha.

Je devais me fier à elle là-dessus. Les quelques mousseux que j'avais goûtés n'avaient rien à voir avec ce goût. Jordan était un peu plus loin avec Allana et deux autres démons. Il leva son verra en guise de salut et je le lui rendis. Je pivotai sur moi-même pour faire face à Sorcha.

– Comment fait-on pour survivre jusqu'au souper?

Elle cacha un rire derrière sa flûte et pointa un tableau sur un chevalet. Une petite lumière illuminait le large panneau et Jalia se tenait juste à côté. Je suivis Sorcha et remarquai qu'il s'agissait d'un plan de salle. La robe crème de l'hôtesse tombait jusqu'au sol, sans manches avec un col montant. Sa peau en semblait d'autant plus foncée. Elle tendit la main vers le plan et pointa une table avec un sourire poli.

– Mademoiselle Bergeron sera assise à cette table. Madame Murphy sera avec les autres Faoladh à la table d'à côté.

Je fronçai les sourcils et me penchai. J'aurais dû être assise avec Christian. Le nom de Karl apparaissait à côté du mien, ce qui était déjà plus rassurant. Je blanchis d'un ton en reconnaissant le nom de mon autre voisin.

– Il semblerait que nous allons passer la soirée ensemble, dit une voix grave.

Un frisson me remonta le dos et je me raidis.

Je savais très bien à qui appartenait cette voix. Elle était semblable à celle de son frère en registre, mais très différente en frais d'intonation. Je me tournai pour faire face au dragon Terreur. Ma bouche était complètement sèche et je fis un effort pour lui sourire.

Encore une fois, il était vêtu de noir de la tête aux pieds. Son costume ressemblait à celui des films d'époque, avec la veste plus longue à l'arrière, attachée par un seul bouton. Un nœud papillon et un chapeau haut de forme venaient compléter l'ensemble. Ses cheveux blancs avaient été tressés et lui descendaient dans le dos.

Jörmun sourit de toutes ses dents, visiblement amusé par mon malaise.

À cet instant précis, je regrettais vraiment de ne pas avoir attendu le retour de Karl avant de rejoindre la réception. Je lançai un coup d'œil vers la porte dans l'espoir qu'il apparaîtrait miraculeusement. Se faisant, je remarquai que plusieurs convives nous observaient, certains avec une curiosité évidente. Je fis face au dragon et pris mon courage à deux mains.

– Ce sera un plaisir de faire plus ample connaissance.

J'espérais de tout cœur qu'il ne pouvait pas sentir un mensonge, comme d'autres créatures surnaturelles en étaient capables. Mais mon expression crispée devait avoir vendu la mèche et ses lèvres frémirent d'amusement. Je pouvais entendre les gens autour de nous murmurer. Les spéculations allaient déjà bon train et j'en entendis une suggérer qu'il allait me tourner en ridicule.

Mes mâchoires se crispèrent, mais mon sourire resta en place.

Jörmun s'inclina devant moi et pivota pour me tendre son coude. Je ne parvins pas à retenir un haussement de sourcil avant d'accepter son offre. Ma première réaction fut de comparer la chaleur qu'il dégageait à celle de Karl, comme si sa nature surnaturelle ne pouvait être contenue par son enveloppe humaine.

Je le suivis machinalement lorsqu'il s'avança vers le centre de la pièce. Sa tête s'inclina ver moi et il posa sa main par-dessus la mienne.

– Tu portes ces rubis avec la même grâce que leur propriétaire précédente, dit-il à voix basse.

Un éclair d'horreur me traversa à l'idée que ces bijoux avaient déjà appartenu au dragon. Son regard croisa le mien et j'y vis une lueur amusée.

– C'était un cadeau de la reine Mab à la mère de Sarah. C'est une des rares choses que ma fille a héritées d'elle. Qu'elle te les ait données est un message on ne peut plus clair.

Mes lèvres étaient engourdies, mais je m'efforçai de lui répondre.

– Je suis contente de leur faire justice.

Son grondement amusé se réverbéra sous ma main. Il nous arrêta au milieu de la salle de réception et pivota pour faire face à la majorité des convives. Sorcha nous avait suivis, un pas derrière. Ses épaules étaient crispées et elle s'était débarrassée de sa flûte, mais son expression était sereine. Je me raccrochai à ce maigre réconfort.

– Regarde-les, tous à conspirer, dit-il. La plupart d'entre eux voudraient bien me voir mort. L'autre moitié n'hésiterait pas à abattre mon petit-fils, s'ils le pouvaient.

Il pencha la tête pour croiser mon regard.

– Ils s'attendent tous à ce que je ne fasse qu'une bouchée de toi.

Je respirai un bon coup pour chasser les points noirs qui essayaient d'apparaître à la limite de mon champ de vision.

– Est-ce votre intention?

Il prit un air pensif et pivota pour prendre le pouls de la pièce. Les regards curieux qui avaient suivi notre progression se détournèrent hâtivement.

– Mon petit-fils t'a choisie comme compagne.

Comme sa pause s'éternisait, je parlai avant de considérer le bien-fondé de mes propos.

– Je croyais que vous ne reconnaissiez pas votre lien de parenté.

Son grondement était moins amusé et plus menaçant cette fois. Je relevai les yeux et le fixai avec un haussement de sourcil interrogateur. Karl était le champion des grondements et le dragon se trompait s'il pensait m'impressionner ainsi. Il finit par sourire, amusé que je lui tienne tête.

– Si les indépendantistes obtiennent ce qu'ils veulent, ils auront besoin d'une figure d'autorité pour garder la paix. Je sais de quoi je parle; je joue ce rôle pour les mages depuis plus de mille ans. Mon petit-fils a démontré toutes les aptitudes nécessaires à reprendre le flambeau. À ce titre, je me fais un devoir de lui donner mon appui. Et par conséquent, j'apporte la même considération à sa compagne.

J'avais arrêté de respirer à ses premières paroles et tentai de reprendre mon souffle discrètement. Si le dragon parlait ainsi, les démarches de Christian avaient toutes les chances de porter fruit. L'indépendance des créatures surnaturelles nord-américaines était à portée de main. J'acquiesçai avec une expression solennelle.

– C'est une aide fort appréciable.

Son sourire s'étira et devint carnassier.

– Je serais honoré que tu me permettes de te présenter à la communauté surnaturelle, *Hjertesten*.

Le dernier mot avait définitivement une connotation scandinave, mais j'aurais été incapable d'en deviner le sens. Ce que je savais en revanche, c'était que nous ne pouvions pas refuser la coopération du dragon à quelques heures de révéler l'identité des renégats. Je pris une bonne inspiration et lui souris.

– L'honneur serait tout à moi.

Ses yeux se mirent à pétiller.

– Cette soirée sera mémorable, dit-il en m'entraînant vers l'endroit où Félicitée saluait ses invités.

Chapitre 14

Je manquai trébucher en remarquant la personne qui occupait Félicitée. Mab était arrivée pendant que le dragon accaparait mon attention. En périphérie, je captai le regard de Christian qui hésita entre son interlocuteur et la direction dans laquelle m'entraînait Jörmun. Je secouai la tête imperceptiblement et ses épaules s'affaissèrent. Il inclina la tête et envoya un regard lourd de sens à Sorcha, un pas derrière moi.

Nous avions pris un chemin direct au travers des convives et personne n'avait osé nous couper la route. C'était un sentiment assez enivrant de voir la foule se fendre ainsi, sensible à nos moindres déplacements. Jörmun arrêta à quelques pas de l'entourage de Félicitée, son regard rivé sur elle.

Ses mâchoires se crispèrent et elle se releva de son sofa. Après une seconde d'hésitation, Mab suivit le mouvement et pivota pour nous faire face. Je n'étais pas sûr si le dragon avait porté offense, en interrompant leur discussion. Visiblement, il ne craignait pas les représailles.

Félicitée tendit une main et le dragon l'attrapa sans me lâcher. Il se pencha et y déposa un baiser, son regard planté dans le sien. La maîtresse des vampires retira ses doigts avec un sourire crispé. Mab avança d'un pas et le dragon l'observa avec froideur.

Sa robe était en chiffon crème avec un corset en épais brocard doré. La couleur ne faisait que souligner la pâleur de sa peau. Son regard gris avait été agrémenté d'une légère poudre bronze. Ses longs cheveux blancs avaient été tressés pour accueillir un diadème argenté avec de longs cristaux blancs. On aurait dit qu'elle tentait d'éclipser les autres souverains présents.

Le dragon referma sa main sur la sienne et prit son temps pour y déposer un baiser.

— Vous avez l'air toujours aussi délicieuse, Mab.

— Par chance, je ne suis pas au menu de ce soir.

Je sourcillai à leur badinage. Assurément, le dragon ne venait pas de sous-entendre qu'il voulait la manger. Ou était-ce le cas? Mon questionnement fut interrompu lorsque le regard perçant de Mab se posa sur moi.

— La voici donc, la Proie du Windigo. Mon chevalier m'a parlé de toi.

Son regard s'attarda sur les bijoux à mon cou avant de remonter vers mon visage avec une moue dédaigneuse.

— Ordinaire. Je ne vois pas ce que les Faoladh ont bien pu penser, toutes ces années.

Je pinçai les lèvres pour éviter de répondre une bêtise. Tous les regards étaient rivés sur nous et je savais qu'elle le faisait exprès pour me faire réagir. Le dragon posa sa main libre sur la mienne.

— Mesdames, je serais honoré de vous présenter officiellement la fille de mon cœur, Ellie Bergeron.

Les yeux de Félicitée s'arrondir avant que son visage ne se fende d'un sourire. Mab émit un petit son étranglé avant de se reprendre et d'incliner la tête.

— Est-ce vrai? Quelle heureuse surprise que de l'apprendre.

Elle n'était pas la seule à être prise de court. Je me retins pour ne pas ouvrir de grands yeux au titre que le dragon m'avait donné. Les créatures immortelles étaient reconnues pour être vieux jeu, et je savais que certaines traditions voulaient qu'une nouvelle mariée soit adoptée par la famille de son époux, si celle-ci était plus influente que celle de sa naissance.

J'entendis Sorcha s'agiter derrière moi. J'aurais donné cher pour pouvoir la consulter, ou même Christian, pour savoir comment réagir. Mais j'étais seule devant la Grande bête, la maîtresse des vampires et la reine des Faes. Je pris une bonne inspiration et fléchis les genoux, la tête baissée, comme Sorcha me l'avait appris avant notre départ. Je me relevai sous le regard approbateur de Félicitée. Mab semblait avoir avalé un citron.

— Nous vivons des temps intéressants, dit Jörmun. Je suis impatient d'observer mon petit-fils suivre mes traces.

Mab arqua un sourcil interrogateur.

— À quel titre? Il n'est pas près de se faire appeler la Terreur. Il faudrait qu'il rugisse un peu plus fort pour mériter ce surnom.

Jörmun balaya sa riposte du dos de la main.

— Le Roi-Mage a accordé une période d'essai pour vos idées d'indépendance. Comme Bras armé de Sa Majesté, je suis bien placé pour savoir qu'il n'y a qu'un monstre pour garder les créatures surnaturelles à leur place. Mon petit-fils s'en est fort bien tiré au cours des derniers mois. C'est un début prometteur. Il semble avoir hérité des meilleures qualités de ces illustres ancêtres.

Le sourire de Mab ressemblait plus à une grimace.

— Nous verrons bien qui remettra qui à sa place, dit-elle. Je ne suis pas convaincue qu'il soit bien entouré pour porter cette responsabilité. Après tout, le seul renégat identifié formellement était un des Faoladh.

Ma bouche s'ouvrit d'elle-même pour défendre mes tuteurs. La main du dragon se crispa sur la mienne et je ravalai mes paroles.

— Les Faoladh ont payé leur tribut sans faillir depuis leur installation au Québec, dit-il. On ne peut pas en dire autant de ta cour, ma chère Mab. Qu'est-ce que Titania me racontait ce matin? Est-ce vrai que tu as négocié avec Obéron pour qu'il paie ton dernier tribut?

Il claqua de la langue en guise de réprimande.

– Grossier.

Les yeux de Mab se plissèrent et elle pivota vers Félicitée.

– À titre de membre de la Faction, ma cour a toujours été d'une loyauté indéfectible à la lignée du Roi-Mage.

Le sourire de la maîtresse des vampires était celui d'un prédateur.

– Bien sûr, personne n'oserait dire le contraire. De toute façon, la réception de ce soir a pour but de célébrer le Solstice. Gardons les accusations pour plus tard.

Ichiro se glissa derrière sa maîtresse et se pencha à son oreille. Elle l'écouta, la tête inclinée, avant de nous sourire.

– Assez discuté. Il semblerait que notre invitée d'honneur soit prête à performer.

Félicitée se dirigea vers le centre de la pièce et l'éclairage de la salle se modifia pour attirer l'attention sur elle. Elle en profita pour saluer les convives et les remercier de leur présence. Ces formalités me semblaient tellement vides de sens. L'animosité entre la plupart des parties était tangible. D'autant plus avec la menace des mises en accusation qui prendraient place en fin de soirée.

Malgré l'obscurité, je survolai la salle du regard dans l'espoir de voir Karl arriver. Notre lien était encore tangible, mais avec le bruit ambiant et ma propre agitation, il m'était difficile d'en tirer quoi que ce soit. Jörmun m'entraîna en périphérie du cercle qui s'était formé tout le tour de la zone dégagée.

– Les célébrations du Solstice ne seraient pas complètes sans une danse traditionnelle, disait Félicitée. Notre douce Titania a accepté de performer pour nous ce soir.

Je vous demande de l'accueillir en tout honneur et toute gloire.

Je retirai ma main du coude de mon cavalier et applaudis en même temps que la foule. Soulagée de reprendre le contrôle de mes extrémités, je croisai les mains devant moi. Même sans le toucher, la présence du dragon à mes côtés était difficile à oublier. Il dégageait une énergie crépitante.

Mes pensées furent interrompues par l'arrivée de Titania. Sa peau dorée scintillait sous l'éclairage. Son haut était une simple bande noire et sa jupe pourpre n'était qu'un mince voile asymétrique. Ses cheveux avaient été relevés et crêpés en auréole tout autour de sa tête. Je ne pouvais m'empêcher d'y voir un parallèle avec les diadèmes portés par Mab.

Titania se déplaça vers le centre sur la pointe des pieds. Elle prit place et les applaudissements cessèrent progressivement. Une mélodie envoûtante se mit à jouer et mes paupières se firent lourdes. Je peinais à suivre les mouvements de la danseuse. Jörmun se pencha à mon oreille et je n'eus même pas la force de garder mes distances. Il se mit à chuchoter, mais j'aurais été incapable de discerner les paroles.

Jusqu'à ce que la pression explose dans mes tympans.

Je mis une main sur ma bouche pour étouffer mon cri. Mais avec l'obscurité et la musique, je doutais que qui que ce soit ait remarqué. Mon regard croisa celui du dragon. Son expression était orageuse, mais quelque chose me disait que sa colère n'était pas dirigée vers moi. Il tourna la tête et fixa quelqu'un un peu plus loin. Je suivis la direction de son regard et vis Mab qui nous observait avec un sourire ingénu. Elle agita les doigts en guise de salut et reporta son attention sur la danse.

La nausée monta et mon visage se couvrit de sueur froide. Le coude du dragon arriva dans mon champ de vision et je l'attrapai à deux mains, m'y accrochant comme s'il s'agissait d'une bouée. Cette mélodie n'était pas faite pour les oreilles humaines. Je n'osais pas penser à ce qu'il serait advenu de moi sans l'intervention du dragon.

La panique me coupait le souffle.

Avec une centaine de personnes autour de moi, ce n'était pas le moment de perdre le contrôle. J'avais les lèvres engourdies par mes efforts lorsque la musique cessa. La danse m'avait semblé durer une éternité. La salle se rompit en applaudissement et je suivis le mouvement de façon mécanique.

Titania fit le tour de la foule avec quelques courbettes. Des bouquets de fleurs et des roses solitaires surgirent de nulle part, décorant le sol après son passage. Elle arriva finalement devant nous et fit une courbette au dragon.

– C'était un choix intéressant, dit-il. Tu m'as donné matière à réflexion ce soir, ma belle Titania.

Si la Fae avait deviné la menace sous ses paroles, elle n'en donna pas de signe. Elle le remercia et poursuivit sa ronde. Les invités reprirent l'espace au centre de la pièce et je vis Jalia en compagnie d'une autre femme ramasser les fleurs avant qu'elles ne soient piétinées. L'éclairage reprit son intensité précédente et je clignai des yeux pour m'y ajuster.

J'avais l'estomac si crispé que je doutais de parvenir à manger lors du banquet. Mon attention se porta vers la porte de la salle, à la fois au cas où Karl serait apparu, mais probablement plus pour déterminer le nombre de témoins à qui j'aurais affaire si je décidais de me sauver. La soirée me semblait déjà interminable et j'en avais assez.

Je voulais me coucher, oublier les créatures surnaturelles et leurs jeux pervers.

# Chapitre 15

Comme je regardais toujours la porte, je fus la première à la voir arriver. Ma main se crispa sur le bras du dragon et il baissa un regard curieux vers moi. Il ne lui fallut pas bien longtemps pour localiser la cause de ma réaction. Sa cage thoracique se mit à vibrer contre mon poignet, le grondement à peine audible.

La Dame blanche était vêtue d'une longue robe noire qui la couvrait de la mâchoire aux jointures, suivie d'une traîne en dentelle. On l'aurait dit prête pour des funérailles. Ses cheveux pâles avaient été laissés libres et contrastaient avec le matériel de sa tenue. La voix de Jörmun me fit sursauter.

– Voilà qui va être intéressant.

Sorcha jura, toujours à mes côtés. Il lui lança un regard amusé avant d'évaluer la salle. Nous ne serions jamais assez loin pour ma paix d'esprit, mais il se déplaça avec aisance et rapidité, les convives lui cédant le passage avant même de se rendre compte de ce qu'ils faisaient. Il nous trouva une place de choix à l'écart pour observer la progression de la Dame blanche. Il ne l'avait probablement pas fait spécifiquement pour moi, mais je lui en étais tout autant reconnaissante.

Les têtes commençaient à se tourner vers la nouvelle venue et un silence tendu tomba sur les invités. Je vis Christian se déplacer aussi et faire signe à la Corriveau et aux Shamans d'être aux aguets. Des vampires et des Bérets rouges se déplacèrent le long des murs.

La Dame blanche avançait d'un pas lent et les invités s'écartaient, mais contrairement à l'effet obtenu par le dragon, on aurait dit qu'ils s'éloignaient d'une pestiférée. La démarche de l'enchanteresse était moins gracieuse que dans mon souvenir. Je regardai sa robe d'un œil nouveau. C'était probablement autant un camouflage qu'un effet de style. Quelles blessures cachait toute cette dentelle?

Félicitée se détacha de son entourage et avança vers la nouvelle venue.

— Mathilde, je n'osais pas espérer que tu serais des nôtres ce soir.

— Sûrement pas, non.

Le sourire de Félicitée se crispa et elle joignit les mains devant elle.

— Si tu es venue célébrer avec nous, sois la bienvenue. Sache que je ne tolérerai pas que quiconque perturbe cette soirée.

La Dame blanche survola les invités du regard, sa bouche retroussée dans un pli dédaigneux.

— Vous courrez après votre indépendance, alors que j'ai réclamé la mienne depuis bien longtemps.

Elle pivota pour observer les gens autour d'elle, mais peu d'entre eux semblaient en mesure de braver son inquisition. Elle reprit.

— Vous êtes nombreux à avoir cherché une alliance avec moi au fil du temps. Ma position a toujours été claire. Laissez-moi tranquille et je vous rendrai la pareille.

Félicitée haussa les épaules avec impatience.

— Bien sûr, très chère. Nous avons respecté tes souhaits.

La Dame blanche secoua la tête lentement et lui fit face.

— Oh non. Les démons s'en sont pris à moi. Et je te vois, ici ce soir, comploter avec eux.

Ulfric avança d'un pas et sortit de la foule. Il portait un complet noir aussi formel que ceux des autres, mais la veste ressemblait plus à un trench et de fines rayures se devinaient sur ses pantalons.

– Quelles sont ces accusations farfelues?

Un mouvement attira mon attention et je vis Alain apparaître à mes côtés. Il échangea un regard avec Sorcha et chuchota.

– Ça ne présage rien de bon.

Un goût amer me couvrit la langue. La cause de cette scène était liée à notre intervention, à Alain et moi, lors de la libération de Sarah. Je me voyais mal réfuter des accusations. Encore moins faire face à la colère de la Dame blanche. Je me penchai vers Alain, la bouche sèche.

– Sait-elle réellement qui a fait brûler sa propriété?

Le dragon nous lança un coup d'œil curieux, mais sans plus. Alain secoua la tête.

– Visiblement, elle se doute que les démons sont impliqués, mais je ne crois pas qu'elle connaisse mon identité. Et ta présence aurait été impossible à retracer.

Mon bras vibra sous le grondement amusé du dragon. Au centre de la salle, la Dame blanche accusait les démons d'avoir rompu la paix et s'en être pris à elle sans provocation. Ulfric niait avec toute la vigueur possible et des témoins s'avancèrent pour attester de sa bonne foi. Je me tournai vers Jörmun avec un regard suspicieux.

– La Dame blanche a disparu après la libération de Sarah. Êtes-vous responsable?

Il arqua un sourcil amusé.

– Bien sûr. Je ne pouvais pas laisser la capture et l'emprisonnement de ma fille impunis.

Je plissai les yeux.

– Alors pourquoi accuse-t-elle les démons?

Il haussa les épaules, le regard rivé sur la scène.

– En raison de ce que ses sources lui ont révélé, probablement. Elle a passé quelques semaines sous mes bons soins avant que le Roi-Mage exige que je la relâche.

Il agita une main.

– Ces choses se font de bonne foi. Elle a payé pour ses mauvaises décisions et les parties se quittent sans rancune. Le Roi-Mage s'est prononcé sur le sujet et il n'y a pas de recours, ni pour elle ni pour moi. Malheureusement, je crois qu'en plus de la destruction des bâtiments, elle a perdu le contrôle de plusieurs de ses créatures.

Je clignai des yeux, perplexe à l'idée que la torture d'une personne puisse être aussi facilement balayée. À la mention des créatures, je repensai au troupeau de chevaux que j'avais libéré pour éviter que les bêtes périssent dans le feu.

– Les chevaux-bâtisseurs?

Il acquiesça et baissa les yeux vers moi. Un frisson me remonta la colonne sous le poids de ce regard sans âge.

– C'est l'œuvre d'une vie qui est partie en fumée en septembre dernier.

J'avalai péniblement et regardai Ulfric secouer la tête devant la Dame blanche. Je ressentais une bonne dose de culpabilité à l'idée du tort que je lui avais causé. Mais je ne pouvais regretter la libération de Sarah.

– Tu devrais regarder du côté des Faoladh, dit le représentant des démons. L'Oiseau de feu semble leur vouer une affection toute particulière.

Alain jura tout bas à mes côtés.

– Sale petit traître, chuchota-t-il. Il ne lui en aura pas fallu beaucoup pour changer son fusil d'épaule.

Je lui envoyai un regard inquiet.

– Je croyais que c'était un allié de la meute.

Le dragon grogna et je relevai les yeux vers lui. Il haussa les épaules en réponse à ma question muette.

– Une alliance est une notion bien fragile, dit-il.

Sorcha retroussa le nez.

– Ils ont toujours été capricieux.

Christian s'était avancé pour répondre aux accusations. Bryan et Karl venaient d'apparaître derrière lui. Un soupir de soulagement m'échappa à leur vue. Leurs costumes noirs les rendaient encore plus imposants. Karl était visiblement encore sous l'emprise de la chasse et une lueur inquiétante rôdait dans son regard. Les compagnons d'Ulfric le remarquèrent avant lui et Jordan se pencha pour lui parler à l'oreille.

– La meute et ses alliés n'ont pas ouvert les hostilités, répliqua Christian. Nous avons toujours entretenu un bon voisinage.

Je sentis le sang se drainer de mon visage à ces paroles. Sans être un mensonge, elles n'étaient pas tout à fait exactes. J'espérais seulement que Christian n'était pas en train de se parjurer par ma faute. À ma connaissance, il ignorait mon rôle dans la libération de Sarah.

De l'agitation attira mon attention sur le côté. Un large rideau camouflait la zone de service d'où sortaient les serveurs. Un homme vêtu d'un tablier et d'une toque de chef sortit. Son expression était orageuse et ne présageait rien de bon.

Jalia l'intercepta et écouta ses paroles puis leva les mains en signe d'apaisement. Le chef cuisinier retourna vers l'arrière tandis que Jalia se frayait un chemin vers Ichiro pour relayer le message. Le second approcha sa maîtresse et il lui suffit d'échanger un regard avec elle.

Jusqu'ici, Félicitée s'était contenté d'assister au débat avec une mine ennuyée. Mais du moment que le bon déroulement de sa réception s'en trouvait menacé, elle leva une main.

– Assez.

Sa voix retentit dans la salle et tous se turent.

– Mathilde, les incidents sur ta propriété ont eu lieu pendant la table des discussions.

Elle écarta les mains, ses longs ongles luisant sous les lumières tamisées, un rappel du prédateur.

– Nous y étions tous rassemblés. Et si tu t'y étais intéressée, tu aurais été parmi nous. Tu récoltes le fruit de ton absence. Je me fais la porte-parole de ce que tous ici présents pensent.

La Dame blanche recula comme si elle venait de recevoir une gifle. Ses joues prirent une teinte rosée et elle serra les poings. Félicitée fit signe à Ichiro d'approcher.

– Tu as l'air terriblement fatiguée. Ichiro va te conduire à une suite pour te remettre de tes émotions. Distingués invités, le souper va être servi d'un moment à l'autre. Je vous invite à prendre place.

La maîtresse des vampires fit un salut de la tête à Mathilde et se tourna vers les tables. Après un moment de surprise, les discussions reprirent dans toute la pièce. Les convives contournèrent la Dame blanche et suivirent le mouvement vers les tables. Elle resta plantée un moment, tel un rocher au milieu des flots. Ichiro s'inclina devant elle et attendit qu'elle prenne son bras offert d'un mouvement raide.

Je suivis leur progression du regard, troublée par l'apparente déchéance de la Dame blanche. Ce pincement de culpabilité refusait de me quitter. Un mouvement du dragon attira mon attention et je me tournai pour voir Karl qui marchait vers nous d'un pas décidé.

Un sourire me fendit le visage et ses épaules se détendirent. Je pouvais sentir l'inquiétude qui l'avait tenaillé à la vue de mon cavalier. Je levai un regard amusé vers Jörmun, chose que je n'aurais jamais pensé faire un peu plus tôt.

– Karl, le salua-t-il d'un hochement de tête. Je te remets ta charmante compagne. Je vous rejoindrai à notre table d'ici peu.

Il attrapa ma main et y déposa un baiser.

– Merci, dis-je avant de réfléchir.

Il était dangereux de remercier les immortels. Mais sans lui, la danse de Titania aurait pu m'être fatale. Et Mab aurait probablement été autrement plus venimeuse à mon égard.

Le regard perplexe de Karl alterna entre le dragon et moi tandis que Jörmun s'inclinait avec un sourire.

– Tout le plaisir était pour moi.

Il porta la main à son chapeau à l'intention de Karl et s'éloigna. Je le suivis du regard, curieuse de savoir qui allait être sa prochaine victime. Karl fit un pas vers moi et j'en oubliai complètement le dragon. Je tendis la main et il l'attrapa pour m'attirer vers lui. Il se tourna dos à la salle et me serra dans ses bras. Je l'entendis soupirer contre mon oreille.

– Comment ça s'est passé?

Ce fut Alain qui répondit derrière moi.

– Plutôt bien. Jörmun a décidé que tu étais son petit-fils favori et qu'Ellie était digne d'être sa bru.

Karl s'étouffa, pris entre le rire et l'incrédulité. Je reculai d'un pas et mis une main sur ma bouche pour contenir mon amusement.

– Votre dynamique familiale est assez complexe pour que j'en fasse un projet de mémoire de maîtrise en anthropologie. Il ne me reste plus qu'à trouver un directeur de recherche avec un minimum d'ouverture d'esprit.

Il secoua la tête avec un sourire. Son attention survola la salle et son expression redevint sérieuse.

— J'ai parlé à Sarah et elle dit que l'artéfact n'a pas réagi. Ce qui signifie que la clé n'est pas ici.

Alain haussa les épaules.

— Nous savions que nos adversaires ne seraient pas si faciles à piéger. Laissons passer le souper et nous aviserons après.

Karl acquiesça puis fronça les sourcils.

— Elle a aussi dit que Félicitée n'a pas mordu à l'appât. Elle a parlé d'un message texte?

J'échangeai un regard frustré avec Sorcha qui retroussa les lèvres.

— Ça ne veut pas dire grand-chose.

Par-dessus son épaule, je vis Jalia qui venait nous inviter à rejoindre les autres convives aux tables. J'acquiesçai et plaçai ma main au creux du bras de Karl. Sa chaleur était apaisante après toutes les émotions de la soirée. Une fois à notre table, Karl tira ma chaise et je pris place. Il s'assit à mes côtés, tandis qu'Alain s'installait en face de nous. Il salua la Corriveau qui s'était déjà approprié sa chaise. Sorcha prit la place du dragon avec une grimace.

— Je ne pense pas qu'il en ait besoin.

Elle pointa la table au milieu de la salle, où Jörmun s'était assis entre Félicitée et Titania. La Corriveau sourcilla et lança un coup d'œil curieux à Karl. Je secouai la tête avec une pensée pour la pauvre hôtesse qui devrait revoir les places. Je me tournai vers lui et l'inspectai du regard. Il n'avait aucune blessure visible et sa posture était la même qu'à l'habitude. Il me sourit et serra ma main.

— Je suis en un seul morceau.

J'hésitais à lui poser plus de questions au sujet de sa journée en présence de Marie-Josephte. Si elle était bien une alliée, Christian avait quand même décidé de garder la situation de Gill secrète. Une réalisation s'imposa à moi. Je me penchai vers Sorcha et chuchotai.

– On devrait demander au dragon de voir Gill.

Elle fronça les sourcils, mais hocha la tête.

– Il peut assurément faire quelque chose, dit-elle. Reste à savoir s'il le veut bien.

– Ça ne peut pas faire de mal de lui poser la question.

Elle acquiesça avec un air songeur. Arrivant de la direction opposée, Sarah contourna la table voisine et répondit à des salutations d'un hochement de tête. Alain se leva pour lui tirer une chaise et elle prit place avec un sourire de remerciement avant de se tourner vers moi.

– Je suis désolée de t'avoir laissée à la merci du dragon. Titania m'a accaparé et s'est fait un point d'honneur à m'introduire aux membres de la délégation Fae européenne.

Je haussai les sourcils et échangeai un regard avec Karl. Son expression était pensive et reflétait mes inquiétudes. Se pouvait-il que Titania soit déjà au fait que la reine des Faes allait perdre sa couronne ce soir? Mab n'accepterait certainement pas le jugement et la sentence du dragon sans résistance. Ce dernier était un adversaire redoutable, mais sûrement pas invincible. Je repensai à son aide durant la danse et offris un sourire à Sarah.

– Ce n'est rien, répondis-je. Les événements ont pris une tournure inattendue. Je suis bien contente d'avoir passé du temps avec lui.

Sous les regards perplexes de tous, je me sentis obligée de me justifier.

– Ça remet les choses en perspectives. Et je crois qu'il est sincère dans ses intentions d'établir des relations avec nous.

Sarah pinça les lèvres, mais acquiesça tout de même. Des serveurs arrivèrent autour de la table et déposèrent des salades tièdes avec un confit de canard devant nous. Un des serveurs expliqua le mets et nous souhaita bon appétit avant de se retirer. Je pris une bouchée avec peu d'appétit, avant de réaliser que j'étais affamée. La Corriveau en profita pour se tourner vers Sarah.

— J'étais surprise que tu ne réagisses pas aux accusations de la Dame blanche. Comme témoin, tu aurais pu confirmer ce qui s'est réellement passé.

Ma fourchette se figea devant ma bouche. Karl aussi s'était immobilisé à la question. Sarah étudia Marie-Josephte avec un regard pensif. Elle n'irait certainement pas mentionner mon implication devant tout le monde. Je fis de mon mieux pour recommencer à manger de façon normale.

— Ma libération a été un événement particulièrement traumatisant. Mon témoignage ne serait d'aucune aide pour assouvir le désir de vengeance de Mathilde.

La Corriveau la considéra, perplexe.

— Si vous le dites.

— Pardonnez mon retard.

Je relevai le nez de ma salade à cette voix rauque. Nolan, le frère de Greg, se tenait devant la dernière place vide autour de la table. Il tira sur la chaise et prit place d'un mouvement fluide. Sorcha déposa ses couverts et le pointa du doigt.

— J'ai vu des photos de Greg et toi, qui remontaient à votre jeunesse.

Le vampire se contenta de hausser un sourcil. Un serveur apparut avec un verre de vin et le déposa devant lui avant de desservir nos entrées. Sorcha attendit qu'il reparte pour reprendre.

— J'ai toujours pensé que tu étais le plus mignon des deux.

— Je n'oserais me prononcer à ce sujet, madame. Mais certainement, Greg est le plus chanceux.

Mon regard alterna entre Sorcha et le vampire. Je ne voyais pas trop où elle voulait en venir avec son badinage.

– C'est effectivement un privilège de me côtoyer sur une base régulière, dit-elle avec un clin d'œil.

Le sourire du vampire s'étira et les coins de ses canines pointèrent sous ses lèvres. Je réprimai un frisson et lançai un coup d'œil vers les cuisines en priant pour que la soupe arrive plus vite.

– Toutefois, être un loup-garou parmi les Faoladh n'est pas de tout repos, reprit Sorcha.

Marie-Josephte s'était reculée dans sa chaise et observait la scène avec un regard concentré. J'échangeai un coup d'œil avec Karl, mais il haussa les épaules, tout aussi perplexe que moi.

– Je ne peux que l'imaginer, fut la réponse du vampire.

Alain agita une main désinvolte.

– Ça ne peut pas être pire qu'être un démon à la cour des Faes. J'y ai passé plusieurs années. Heureusement pour moi, j'avais Sarah pour adoucir la morsure des intrigues de la cour.

Sarah acquiesça avec un sourire peiné avant de se tourner vers Nolan.

– Quoiqu'un vampire parmi les Faes doit avoir une bonne idée des difficultés rencontrées.

Le sourire du vampire disparut et ses épaules se raidirent. Son regard se porta sur la table où était assise Mab avant de revenir vers nous.

– Rien qui n'en vaille la peine n'est jamais facile.

Ce fut au tour de la Corriveau de secouer la tête.

– Certaines choses n'en valent pas la peine.

Le vampire la fixa du regard, les mâchoires crispées. Le silence s'étira et je m'agitai dans ma chaise, mal à l'aise.

– Ma route est tracée, dit-il entre ses dents.

Marie-Josephte se pencha vers lui.

– Vous savez qui je suis et ce que je fais. Je peux vous offrir une alternative sécuritaire.

Le vampire secoua la tête. À ce moment, un serveur arriva avec un plateau chargé de bols de potage. Un deuxième lui vint en renfort pour faire la distribution. Marie-Josephte attrapa sa cuillère, les yeux rivés sur son assiette.

– Vous savez où me trouver. Je reste à votre disponibilité pour explorer vos avenues.

Il lui offrit un sourire crispé.

– Nous ne sommes pas tous faits pour être libres. Mon servage me convient. C'est le lot de la progéniture d'un vampire.

Alain secoua la tête.

– Je sers une maîtresse que peu des miens auraient choisie, dit-il. Mais je doute qu'un vampire soit choyé de servir la reine des Faes. Les préférences de Mab sont bien connues.

Je haussai les sourcils, mais à mes côtés, Sorcha secoua la tête avec un regard appuyé. Je ravalai mes questions. Je ne pouvais qu'imaginer le pire. Comme il semblait désespéré de changer de sujet, je lui tendis une perche.

– On me dit que les vampires ont chassé les sorcières de leur territoire. Quelle est la position des Faes à leur sujet?

Tous les regards se posèrent sur moi. Nolan cligna des yeux avant de saisir l'opportunité que je lui offrais.

– Un traité a été signé et la cour y est assujettie. Quiconque oserait abriter des sorcières serait passible de destitution ou de mort.

– Je ne le savais pas.

Sarah agita une main.

— Le traité a été signé au début des années 1700 à la suite de l'Inquisition. Il n'a été mis en application en Amérique que deux cents ans plus tard.

— Exact, ajouta Nolan. C'était en quelque sorte une deuxième chance que la Couronne leur accordait. Mais le grand incendie de Montréal en 1852 a été la preuve irréfutable qu'elles n'avaient pas appris leur leçon. Elles ont fui à Trois-Rivières et y ont mis le feu environ cinquante ans plus tard. Les vampires ont pris les choses en main et ont fait appliquer les édits du traité.

La Corriveau ricana dans sa serviette.

— C'est un peu embelli, comme version. Le Bonhomme Sept Heures a dû s'en mêler et l'orgueil de Félicitée ne s'en est toujours pas remis.

Nolan sourcilla.

— Monsieur Baptiste a violé toutes les règles de l'hospitalité sous le couvert de participer à la chasse aux sorcières. Son bannissement a été le résultat de ce manque flagrant à l'étiquette.

— Bien sûr, répondit Marie-Josephte d'un ton neutre.

— Qu'a-t-il fait? demandai-je.

Elle pinça les lèvres et Nolan secoua la tête.

— Ces choses ne se partagent pas à table en bonne compagnie. Donnez-moi plutôt des nouvelles de mon frère.

Je plissai les yeux d'être ainsi rabrouée, mais obtempérai en me rabattant sur des généralités.

— Il tient toujours le rôle de protecteur de la meute. Sa maison était sur ma route entre l'université et le quartier de la meute. Je le vois moins souvent ces derniers temps.

— Les années ne l'ont pas épargné, mais il tient bon, ajouta Sorcha d'une voix douce.

Le regard de Nolan se fit peiné, mais il acquiesça avec un sourire de remerciement. Il était probablement bien au fait des problèmes rencontrés par les loups-garous maudits. Passant visiblement à autre chose, il se tourna vers Karl et le questionna sur ses nouvelles fonctions. L'estomac plein et l'heure avancée commençaient à se faire sentir et mon attention dériva. Les services se succédèrent et les plats étaient tous délicieux. Chaque fois, je vérifiais mon amulette, mais elle ne réagit à aucune occasion.

Une fois le dessert terminé, la musique reprit et l'éclairage se tamisa. Un éclat de voix attira mon attention et je vis Jörmun escorter Félicitée jusqu'au centre de l'aire dégagée. Ils se mirent à tournoyer dans une danse formelle. Le sourire de la maîtresse des vampires ne me semblait pas parfaitement sincère. Plusieurs couples suivirent leur exemple et bientôt la moitié des tables se vida.

Karl attrapa ma main et me fit signe de le suivre. Lorsqu'il me fit face et plaça son autre main sur ma taille, je me penchai vers lui.

– Je ne connais pas les pas.

Son sourire se fit taquin.

– Alain était peut-être une figure paternelle douteuse, mais il a toujours été un excellent danseur.

Il fit un pas de côté et m'entraîna avec lui. Je fis de mon mieux pour le laisser mener et me détendre. Après quelques foulées, je mis le doigt sur la répétition des pas et parvins à le suivre plus facilement.

– Comment s'est passée ta première journée comme diplomate? demanda-t-il dans mon oreille. Est-ce que je dois rugir pour venger ton honneur?

Je secouai la tête avec un sourire amusé.

– Non, en fait je crois que je m'en suis bien sortie. Les démons sont tortueux, les mages sont des lâches et les sorcières sont de loin les plus agressives du lot.

Il haussa les sourcils et je lui racontai notre affrontement de l'après-midi. Son expression s'assombrit.

– Je regrette de ne pas avoir été à vos côtés.

– Avez-vous trouvé quelque chose?

Il acquiesça et me fit virevolter vers le côté de la salle où il y avait moins de danseurs.

– Nous avons trouvé un appartement où résident plusieurs sorcières. Elles n'y étaient pas, mais nous avons trouvé un mage qui avait été ligoté et enfermé dans une armoire.

Je sourcillai, incrédule. Il hocha la tête avec un sourire ironique.

– Il était reconnaissant et il nous a dit ce qu'il savait sur les sorcières, même si ce n'est pas grand-chose. Mais on dirait bien que Félicitée a une infestation juste sous son nez. Il y a aussi de fortes chances pour qu'elles aient infiltré les rangs des mages.

La musique cessa avant de reprendre sur un autre tempo. Comme notre trajectoire nous avait approchés d'un serveur, Karl lui fit signe et prit deux verres d'eau. Il m'en tendit un et je le remerciai d'un sourire.

– La sorcière a dit qu'elles voulaient se venger de l'oppresseur qui les a chassées de leurs terres, dis-je. Si je comprends bien, il s'agit des vampires.

Karl plissa les yeux et observa les convives.

– On ne peut pas écarter l'hypothèse qu'elles se soient alliées aux renégats, dit-il. Leur apparition me semble une coïncidence trop improbable.

Ses épaules se raidirent et je levai les yeux, alarmée. Titania approchait avec un sourire aux lèvres, suivie de son Béret rouge un pas derrière. Elle s'arrêta devant Karl et lui fit une courte révérence.

– Je désespérais d'avoir la chance de vous voir ce soir. Je tenais à m'excuser de la façon cavalière dont je vous ai abordé lors de notre première rencontre.

Mon regard alterna entre la Fae et Karl. Le tout était dit sur un ton tellement repentant que je n'y croyais pas une seule seconde. Son expression était parfaitement étudiée et ne présageait rien de bon.

– C'est une délicate attention de votre part, lui répondit-il.

Je pinçai les lèvres pour éviter de sourire. Il n'avait pas vraiment accepté ses excuses et l'expression amusée de Titania confirmait qu'elle s'en était rendu compte. Elle croisa les mains devant elle avec un air ingénu.

– Tous ceux à qui j'ai eu le loisir de parler vous craignent ou vous admirent. Je dois dire que c'est un exploit en soi.

Les lèvres de Karl s'étirèrent en un lent sourire et je vis un doute passer dans le regard de Titania. Elle devait réaliser qu'elle était venue taquiner la mauvaise personne. Mon regard fit le tour de la salle et je vis Sorcha et Alain qui dansaient un peu plus loin.

– Voici notre lot.

Cette voix dans mon oreille me fit sursauter.

Je me tournai pour faire face au Chevalier noir. Il avait changé son habituel pourpoint pour un complet, mais sa veste était d'un gris satiné et je devinais l'emblème d'un arbre traversé par une épée sur le mouchoir qui sortait de sa poche de poitrine. Ses cheveux noirs avaient été tressés sur toute la longueur de son crâne, lui donnant un air presque elfique. Dans la pénombre, ses yeux étaient dénués d'éclat. Je pris une profonde inspiration et lui souris.

– Pardon?

Il pointa Karl et Titania du menton.

– C'est notre lot d'être ignoré, tandis que les grands de ce monde discutent.

J'avalai péniblement, soudainement mal à l'aise.

– La plupart des prédateurs ont tendance à m'ignorer, dis-je devant son silence.

Le Chevalier noir enfonça ses mains dans ses poches et observa Titania avec une moue pensive.

– Un prédateur, c'est le mot. Titania a toujours eu le don de planter ses griffes dans les hommes puissants.

Mon cœur manqua un battement et je lançai un rapide coup d'œil à Karl. Il écoutait la Fae parler avec un sourire poli. Je connaissais ce sourire; c'était celui qu'il réservait aux gens qu'il avait envie d'étrangler pour en finir au plus vite. Je ne savais pas quel était l'objectif du Chevalier noir, mais visiblement il voulait semer le doute entre nous. Je serrai les dents et lui envoyai un regard sévère.

– Je crois plutôt que vos conditions de travail sont misérables. Votre reine a exigé ma présence pour son bon plaisir et nous avons à peine échangé dix mots.

Le regard du Chevalier noir se fit perçant. Il inclina la tête, comme s'il étudiait quelque chose d'intrigant.

– Les motivations de ma reine sont parfois bien tortueuses.

Il releva la tête et parcourut la salle du regard. Je suivis le mouvement et remarquai le dragon qui discutait avec les démons.

– Je crois que l'affection que la Grande Bête vous porte l'a prise par surprise, dit-il. Ma maîtresse n'aime pas beaucoup partager.

Je sourcillai.

– Ce n'est pas à elle de me partager. Si vous voulez bien m'excuser, j'ai besoin d'un moment.

Je me tournai vers Karl et glissai ma main sous son bras. Il baissa les yeux vers moi et je pus sentir le soulagement traverser notre lien. J'envoyai un sourire contrit à Titania.

– Je ne me sens pas très bien. M'accompagnerais-tu pour aller prendre l'air?

Karl se tourna vers la Fae et elle accepta ses excuses avec un hochement de tête formel.

– En espérant que vous retrouverez la forme pour le reste de la soirée.

Son sourire avait quelque chose de malsain et j'y répondis avec difficulté. Karl prit la direction de la porte et je soupirai en passant le seuil. L'éclairage dans les corridors était d'une intensité douloureuse après l'ambiance feutrée de la salle de réception, mais le changement était le bienvenu.

Plutôt que de se diriger vers les portes principales, Karl m'attira jusqu'aux escaliers pour aller au troisième étage. Il traversa le corridor, lançant des coups d'œil dans chacune des pièces que nous croisions. Il s'arrêta finalement devant un petit coin isolé avec un mur rond. Des rideaux pendaient de chaque côté de la fenêtre et encadraient des sofas pourpres. D'énormes plantes d'intérieur avaient été installées de chaque côté et masquaient la zone au regard des passants.

Je m'approchai de la fenêtre et réalisai que nous étions dans une des tourelles au coin du bâtiment. La vue donnait sur la rue et le parc en face. Je fermai les yeux et laissai le silence m'imprégner. Avec le calme, la connexion entre Karl et moi était d'autant plus claire. Son agitation était palpable et me remontait le dos comme un courant électrique. Je me tournai vers lui pour le voir parfaitement immobile et droit au centre du tapis. Je fis un pas vers lui, inquiète.

– Qu'est-ce qui ne va pas?

– Qu'est-ce que le Chevalier noir t'a dit?

Je haussai les épaules, peu encline à lui avouer qu'il avait essayé de me faire douter. À sa grimace, il avait déjà deviné. Je me frottai les mains pour en chasser le fourmillement de nervosité.

– Il jouait au plus malin, c'est tout. Je lui ai fait savoir que ce n'était pas approprié.

– Ils sont tous mesquins et pervers. Ne les laisse pas te convaincre du contraire.

J'acquiesçai lentement. C'était une évidence, et je ne voyais pas trop où il voulait en venir. Devant son silence, je me sentis obligée de répondre à voix haute.

– Je sais.

Il se passa une main dans les cheveux et ferma les yeux. Ses épaules se soulevèrent à plusieurs reprises tandis qu'il tentait de reprendre son calme.

– Ils voient le monstre en moi et c'est ce qu'ils veulent que tu voies.

Je fronçai les sourcils et tentai de me raccrocher à notre lien. Ses paroles ne faisaient aucun sens. J'inspirai et plongeai à pleines mains dans notre connexion. C'était un peu comme dénouer un paquet de nœuds. Je tirai sur quelques brins avant de trouver celui qui délierait les autres. La lumière se fit alors.

– Tu crois que je vais te laisser? Qu'ils réussiront à m'effrayer?

Il montra les dents, son regard troublé.

– Je suis effrayant. J'ai passé la journée à traquer et à chasser. Ce n'est pas assez. La faim me dévore les entrailles. Ici ce soir, je les tuerais tous.

Un frisson me parcourut et la chair de poule se répandit sur mes bras. Je fis de mon mieux pour garder mon calme. J'avais déjà entendu Christian parler de contrôle avec les loups, surtout les plus jeunes, mais parfois les plus vieux. Les instincts prédateurs n'étaient pas toujours compatibles avec une vie moderne. Les Faoladh étaient des protecteurs, mais il leur arrivait de gérer une menace d'une façon un peu trop expéditive.

La malédiction de Karl était une facette de lui, un aspect qu'il avait redéfini pour le faire correspondre à ses valeurs. Je pouvais comprendre que ses instincts lui échappent parfois. Sa voix était rauque lorsqu'il reprit.

– À tes côtés, ma faim se tait.

J'aurais probablement dû me sauver le plus loin possible. À la place, j'avançai vers lui et l'attrapai par la taille. Ses bras se refermèrent autour de moi et je pouvais sentir les tremblements qui le parcourraient. Ma gorge était tellement serrée que je doutais pouvoir parler. Je fis un effort, car je savais qu'il avait besoin de connaître ma vérité.

– Tu me rends plus forte.

Il baissa la tête vers moi, les sourcils froncés, et je poursuivis.

– Quand je suis avec toi, je suis en mesure d'être un membre actif de la meute. Je n'ai plus peur de prendre ma place.

Les larmes me montèrent aux yeux et je reniflai avec un petit rire avant de terminer.

– Je ne sais toujours pas où est ma place, mais j'ai envie de la prendre. Je ne veux pas me sauver; je ne veux pas abandonner la partie avant même qu'elle ne commence.

Karl ferma les yeux et resserra ses bras autour de moi. J'enfouis mon nez contre sa chemise et respirai sa chaleur. Je l'entendis soupirer et son corps se détendit finalement.

– Ensemble, dit-il.

J'acquiesçai, ma joue pressée contre son cœur. Le son saccadé de talons hauts sur le plancher me fit relever la tête.

– Comme c'est touchant, dit Mab.

# Chapitre 16

La reine Mab se tenait au milieu du corridor, Nolan à sa droite et le Chevalier noir à sa gauche. Karl se tourna et se positionna entre eux et moi. Le sourire de la Fae se fit séducteur.

– Vous me voyez désolée d'interrompre ce petit moment d'intimité, mais je suis dans l'obligation de t'offrir un ultimatum, Karl.

Il secoua la tête.

– Je n'ai jamais bien réagi aux menaces.

Mab agita un doigt réprobateur.

– Je t'ai donné plusieurs opportunités de te joindre à ma cause, mais nous n'avons jamais eu la chance de discuter de vive voix. Je tiens à corriger cette négligence de ma part.

Il écarta les mains.

– Me voici. Parlez. Ma patience n'est pas légendaire.

Elle inclina la tête sur le côté avec un sourire amusé.

– Comme ton père, dit-elle. Tu savais qu'il avait adhéré à notre cause? Il était d'accord avec moi. Il n'a jamais aimé plier le genou devant le Roi-Mage. Cet imbécile couronné m'a fait subir un terrible affront lorsqu'il a ordonné l'exécution de mon prince consort.

La surprise me traversa à cette information. À ma connaissance, la reine Mab avait toujours régné seule. Elle devait faire référence à des événements datant de plusieurs siècles. Je me déplaçai de côté pour avoir une meilleure vue sur nos opposants. L'expression de Nolan était parfaitement neutre, mais le visage du Chevalier noir avait quelque chose d'effrayant. Je n'arrivais pas à déterminer si c'était de la colère ou une autre émotion. Karl écarta les mains.

— Mon père a abandonné votre cause, mais son implication lui a quand même coûté la vie.

Mab acquiesça avec tristesse.

— C'est pour toutes ces raisons que la lignée du Roi-Mage doit tomber, dit-elle. Depuis son trône, il a la main mise sur nos vies. Même si les Faoladh obtiennent un simulacre d'indépendance, ça n'effacera jamais la dette de sang. Ça ne l'empêchera pas non plus de se parjurer et de revenir sur sa parole. Les livres d'histoires regorgent de ce genre de double jeu. Ils leur enseignent la fourberie dès le berceau à la cour.

Karl fit rouler ses épaules. Je ne pouvais pas voir son visage, mais notre lien vibrait de tension.

— Hors de question que je commette un régicide pour assouvir votre désir de vengeance. Je ne suivrai pas les traces de mon père.

Elle retroussa le nez.

— Il n'est pas nécessaire de se rendre à cet extrême. Parle à ta mère et demande-lui de me remettre l'artéfact et la clé.

Mon souffle se coupa dans ma gorge. Notre pari avait porté fruit et les accusations de Sarah seraient validées par les actes de Mab. Puis je réalisai qu'elle avait aussi mentionné la clé. Elle aurait dû l'avoir en sa possession. Devant moi, Karl secoua la tête.

— Vous avez assez semé le chaos, dit-il. Votre cause est peut-être juste, mais vous avez choisi la mauvaise stratégie.

Les lèvres de Mab se retroussèrent sur ses dents.

— Tu n'aimes peut-être pas les menaces, mais je déteste les refus.

Elle tendit les deux mains devant elle. Ses traits blêmes s'auréolèrent d'une lumière dorée. Ses yeux gris se mirent à luire et devinrent blanc. Sa voix résonna comme si nous étions dans une grotte plutôt qu'un salon.

— Réponds à mon appel et plie le genou devant ta reine.

Une vague de froid se mit à émaner de Karl et je reculai de quelques pas pour lui laisser assez d'espace. Ses articulations craquèrent et sa forme bestiale prit le dessus. Je ne voyais que son dos orné d'une crête de poils drus. Il baissa la tête et pointa ses andouillers massifs vers la reine Mab. Sa voix gutturale me fit frissonner.

— Tu aurais dû poser la question à la Dame blanche et elle t'aurait dit que je ne suis pas susceptible aux enchantements.

Mab retroussa les lèvres avec dédain.

— Ça valait le coup d'essayer, dit-elle. Et si la méthode douce ne fonctionne pas, tu tomberas, comme les autres avant toi.

Une masse de lumière chatoyante se forma entre ses mains. Un déplacement du Windigo me permit de voir que Nolan avait sorti un fusil et nous tenait en joue. Le Chevalier noir avait fait apparaître une épée de nulle part et se tenait les genoux fléchis, prêt à charger. Mab replia les coudes pour approcher la boule de lumière de sa poitrine.

— Le cœur de glace du Windigo est réputé être sa faiblesse. Je pensais m'en prendre à ta proie pour l'atteindre, mais sa mort éveillerait les soupçons du dragon, dit-elle. Je vais devoir y aller un peu plus directement.

Un éclair de lumière quitta les mains de Mab et se planta dans le torse du Windigo. Son rugissement de colère me fit plaquer les mains sur mes oreilles. Sa douleur traversa notre connexion et me coupa le souffle. Je pouvais sentir un étau de glace se répandre dans sa poitrine.

Je relevai mes avant-bras et tentai d'activer les glyphes en panique. Mes souvenirs se mélangeaient et je ne savais plus si l'un d'eux aurait pu contrer cette magie. Le Windigo tomba à genoux avec un grondement sourd. Le sol vibra sous l'impact et mon champ de vision s'en retrouva dégagé. Aucun de nos trois assaillants ne me portait attention.

Même si c'était un soulagement, mon camouflage magique ne me semblait pas bien utile en ce moment.

Sauf que je réalisai soudain que notre lien bénéficiait de ma capacité innée à passer inaperçue. La glace qui se diffusait depuis le cœur de Karl ne semblait pas atteindre notre connexion. Une petite parcelle subsistait, intouchée par l'enchantement. Je fermai les yeux et visualisai cet endroit où nos deux esprits se touchaient. Je remontai le filin argenté que j'associais à la présence de Karl.

« Tu ne me vois pas, » chuchotai-je à la glace. Et elle m'écouta. Je poursuivis ma progression pour arriver dans une caverne sombre où mon souffle se condensait devant mon regard. Une large toile de frimas recouvrait l'espace. Karl apparut à mes côtés, sa forme floue et délavée.

« Tu ne devrais pas être ici, » dit-il. « L'enchantement risque d'utiliser notre lien pour s'en prendre à toi. Tu ne survivrais pas à ce froid. »

Je m'approchai de lui malgré sa main levée en guise d'avertissement. Je m'arrêtai à quelques centimètres et considérai l'étrange couche de glace qui recouvrait sa poitrine, là où se trouvait son cœur.

« Le Windigo a un cœur de glace, dans les légendes, » dis-je.

Karl secoua la tête. « Tu es mon cœur. »

Je lui souris. « Alors ceci est à moi. » Et je donnai un coup de poing sur la glace. La surface miroitante se rompit dans un crissement et mon dos percuta le sol sous la force d'un souffle invisible. Je clignai des yeux, surprise de voir le petit salon dans la tourelle de la Gare plutôt que la caverne obscure.

Quelque part tout près, le Windigo rugit et un cri de femme lui répondit. Je me relevai sur mes coudes pour le voir toujours à genoux, la tête penchée vers le sol. La glace avait disparu, mais ses muscles vibraient sous l'effort de rester à la verticale.

Face à lui, Mab était aussi tombée à genoux et du sang coulait de son nez. Elle clignait des yeux, visiblement sous le choc. Elle leva une main tremblante à l'intention du Chevalier noir.

– Tue-le, Osheen.

Il se plaça devant sa maîtresse et fit face au Windigo qui secouait ses andouillers.

– Désiste-toi, Chevalier noir. Ta mort aurait peu de sens alors que ta maîtresse enfreint la trêve.

Mab passa une main sous son nez et ne parvint qu'à étaler du sang sur sa joue. Elle se pencha vers le Windigo, une lueur inquiétante dans son regard.

– Mets fin à la vie de mon serviteur et tu seras celui qui a rompu la trêve.

Ses paroles supposaient que la mort de son serviteur était la conclusion inéluctable à cet affrontement. L'expression du Chevalier noir se transforma. Mon cœur se serra d'horreur à l'idée que sa maîtresse l'avait envoyé à une mort certaine pour avancer sa cause.

Osheen pivota.

Son épée décrivit un arc de cercle gracieux dans les airs. J'allais crier pour prévenir Karl lorsque je réalisai quelle était la trajectoire de la lame. Mab leva un bras juste à temps pour contrer le coup. La lame produisit un bruit sourd en heurtant un bouclier invisible et une onde de choc bleutée se réverbéra dans les airs.

La reine des Faes leva un regard incrédule vers son chevalier. Les traits de son serviteur étaient déformés par là haine. Il leva son épée à nouveau, prêt à frapper.

– Je t'ai supplié de me laisser retourner chez moi, dit-il. Tu m'as pris ce que le Roi-Mage t'a enlevé et tu n'as jamais su le reconnaître.

Alors que la lame s'abattait sur le visage horrifié de Mab, une détonation me fit sursauter. Nolan tenait son fusil pointé vers le Chevalier noir. La poitrine de ce dernier était ornée d'un trou fumant. Le Fae se mit à gronder et allait rediriger son attaque, lorsqu'une secousse me fit rouler sur le côté. Une boule de poils apparut au sol puis une silhouette familière bondit par-dessus le Windigo prostré.

Le buckdjeuve sauta sur le dos du Chevalier noir. Il lui planta les griffes dans le cou et le lacéra de la nuque aux côtes.

Le Chevalier noir jeta son épée au sol et une dague se matérialisa dans sa main. Il tenta de se contorsionner pour le piquer, mais le buckdjeuve fut plus rapide et lui attrapa le poignet avant de mordre dans la chair vulnérable. Son adversaire cria et tenta de reculer pour écraser la créature contre le mur. Elle sauta de côté et virevolta, son mouvement si vite que je ne parvins pas à suivre le mouvement de ses mains.

Un bruit visqueux fut suivi d'un gargouillis. Le Chevalier noir s'affaissa contre le mur, sa chemise rougie par une marée de sang. Le buckdjeuve recula, suivi par une constellation de gouttes carmin sur le tapis. Son souffle soulevait sa poitrine dans un rythme effréné. Il se tourna vers moi avec une expression jubilante.

– Osheen mort. Honneur vengé.

Mon regard alterna entre le Chevalier noir et la créature. À notre rencontre, il m'avait dit que je l'avais sauvé de l'esclavagisme. Sa décision de rester avec moi m'avait toujours laissée perplexe. Je repensai à la première fois où j'avais vu le Chevalier noir. La patte de lapin était déjà en ma possession à ce moment. À notre deuxième rencontre, le buckdjeuve s'était éclipsé et j'avais cru qu'il craignait les Faes pour une obscure raison. J'étais loin de me douter qu'il préparait sa vengeance.

J'étais encore sous le choc des événements, mais je m'efforçai de lui répondre.

— Que vas-tu faire maintenant?

Le buckdjeuve pivota sur lui-même et considéra la scène. Il m'adressa quelques paroles dans sa langue maternelle avant de reprendre.

— Partir. Peut-être, revenir.

Il enjamba le corps du Chevalier noir et s'éloigna dans le corridor. Le Windigo posa une main au sol et grogna en se remettant sur pied. Mab se traîna à genoux jusqu'au corps inanimé et sa robe crème se retrouva imbibée de sang en quelques secondes. Elle posa des mains tremblantes sur le visage de son défunt serviteur.

— Pourquoi? chuchota-t-elle. Je t'aimais.

Nolan eut un rire moqueur.

— L'amour suffit rarement.

Il nous jeta un rapide coup d'œil avant de reporter son attention sur Mab.

— J'ai égalisé le score, dit-il. Ma dette est payée.

La pression dans mes oreilles se rétablit douloureusement, comme si je venais de changer d'altitude, et je vis la reine des Faes grimacer. Elle essuya ses mains couvertes de sang sur son corset, peu concernée par les traces qu'elle y laissait. Son expression était fatiguée lorsqu'elle leva les yeux vers le vampire.

— Pars, alors.

Le vampire s'inclina avec rigidité et tourna les talons sans nous regarder. Le Windigo se tourna vers moi et je sentis son hésitation traverser notre connexion. C'était le moment idéal de se débarrasser d'une adversaire alors qu'elle était vulnérable.

Je secouai la tête. Nous ne pouvions pas régler nos problèmes ainsi. Le Windigo expira avec un son à mi-chemin entre un grognement et un soupir.

Des cris et des bruits nous parvinrent des escaliers. Ichiro arriva le premier, suivi de Jalia et d'un assortiment de convives. Je jurai à voix basse et le Windigo se mit à gronder. Des questions fusèrent dans tous les sens. Ichiro s'arrêta à bonne distance, prêt à se battre. Ulfric s'arrêta à ses côtés.

– Quel curieux tableau, dit-il.

Christian passa entre le démon et Jalia pour s'approcher. Son regard survola la scène tandis que Bryan faisait signe aux autres de rester en retrait. La voix de Titania se fit entendre par-dessus la cohue et son Béret rouge vint se placer aux côtés de Mab.

– Qu'est-ce que ça signifie? Comment avez-vous pu rompre la paix des célébrations du Solstice?

J'allais ouvrir la bouche pour nous défendre lorsque Mab releva la tête vers Titania.

– J'ai été trahie, dit-elle d'une voix incrédule. Osheen a essayé de me tuer.

Les yeux de Titania se plissèrent et son regard alterna entre nous et la Fae prostrée au sol.

– Ce sont des choses qui arrivent, très chère. Ne les laisse pas te voir ainsi. Tu le regretteras assurément venu le matin.

Elle se pencha et passa une main sous le bras de Mab. La reine des Faes se laissa faire et se redressa, chancelante, ses yeux rivés sur le corps au sol. Elle releva la tête et trouva Sarah qui se tenait non loin.

– Brûle-le. S'il te plaît.

Titania soupira.

– Si c'est un traître…

Mab leva une main pour l'arrêter, toute son attention sur l'Oiseau de feu. Sarah prit une profonde inspiration avant de lancer un coup d'œil au Windigo. Il haussa les épaules en réponse à sa question silencieuse. Sarah s'avança jusqu'au Chevalier noir et s'agenouilla. Le silence se fit dans le couloir, les spectateurs réalisant qu'ils assistaient à quelque chose de bien plus tragique qu'une simple escarmouche entre les Clans et la Faction.

La silhouette de Sarah s'illumina d'or et de blanc. Ses mains se posèrent sur le torse du Fae et elle ferma les yeux. Elle avait toujours sa forme humaine, mais dans son dos, deux grandes ailes spectrales apparurent. Elles s'étendirent pour prendre leur pleine envergure, baignant la pièce de reflets orangés. Les plumes frissonnèrent comme les mains de Sarah se mirent à luire. Les ailes battirent quelques coups et le corps du Chevalier s'embrasa.

Le brasier brûlait si fort que je dus protéger mes yeux d'une main. La lumière finit par s'estomper et je pus observer que le feu magique n'avait rien touché hormis sa cible. Il ne restait du Fae qu'un tas de cendres grises. Mon cœur se serra de tristesse devant une existence si facilement oblitérée.

Mab avait le visage strié de larmes, mais elle se tenait droite et fixait la scène sans ciller. Avec le sang séché sur son visage, elle était loin de l'image de reine des glaces qu'elle projetait habituellement. Titania tira sur son bras et l'emporta. Le Béret rouge les précéda et repoussa les curieux qui ne cédaient pas le passage assez vite. Ichiro fit un signe de tête et Jalia leur emboîta le pas. Il se tourna vers nous et s'inclina respectueusement.

– Je comprends que vous ne soyez pas responsables des événements tragiques, mais j'ai quand même besoin de connaître la vérité. En tant qu'hôtesse, ma maîtresse a la responsabilité d'assurer votre sécurité et je ne peux pas laisser impuni un affront à notre honneur.

Je pouvais sentir l'impatience du Windigo et son désir de régler la situation par la violence. J'avançai d'un pas et posai une main sur son bras. La peau sous mes doigts était brûlante malgré l'air froid qui émanait de son corps.

– Le Chevalier noir a profité de la distraction de la reine Mab pour s'en prendre à elle, dis-je. Nolan Walsh lui a sauvé la vie.

Je jugeais plus sage de taire l'implication du buckdjeuve. De toute façon, personne ne me croirait. La créature avait toujours passé sous le radar. Mieux valait laisser les honneurs à Nolan pour que sa liberté retrouvée ne soit pas contestée. Le représentant des mages se fraya un chemin jusqu'à l'avant.

– Une distraction, dit-il. Tu veux dire comme le Windigo qui l'attaque par surprise?

Christian lui lança un regard sévère.

– Si tu n'as rien d'utile à apporter, je te suggère de te taire.

Jonathan croisa les bras avec un air buté.

– Les gens tombent comme des mouches autour de lui. Ne venez pas me dire que c'est une coïncidence.

Il se tourna vers Ichiro.

– Nous avons un mage télépathe dont la spécialisation est l'extraction d'information. Votre maîtresse pourrait avoir la conscience tranquille grâce à son intervention.

Quelques exclamations surprises se firent entendre derrière eux. Ichiro fronça les sourcils.

– Ce serait un manque grave à l'hospitalité de questionner nos invités, dit-il. D'autant que la partie lésée n'a pas formulé d'accusation. Je vous trouve assez prompt à chercher des coupables là où il n'y a pas de crime.

Jonathan pinça les lèvres et des taches rouges apparurent sur ses joues. La voix rauque du Windigo trancha sur les murmures.

— Retourne à tes quartiers avant que je ne décide de te faire taire.

Loin d'entendre la sagesse dans ces paroles, Jonathan le pointa du doigt.

— Tout le monde semble vouloir te laisser terroriser la communauté surnaturelle sans rien faire.

Une large main s'abattit sur l'épaule du mage.

— « Laisser » est un mot bien trop passif, dit Jörmun. Mon petit-fils a pris ce droit par la force et la stratégie. Pliez-vous devant la supériorité de mon successeur et cessez de vous plaindre.

Le dragon dépassait le mage d'une bonne tête, d'autant plus avec son chapeau haut de forme. Son sourire était absolument terrifiant. Jonathan pâlit de quelques tons et hocha la tête. Il recula pour se défaire de l'emprise du dragon. Ce dernier le relâcha lentement et le laissa partir en le suivant du regard.

La foule se dispersa pour éviter de lui faire face. Bientôt, il ne reste plus qu'Ichiro, les Faoladh, le dragon et Sarah. Karl s'ébroua, mais avec toute l'énergie fébrile qui émanait de lui, il allait certainement garder sa forme bestiale encore un moment. Ichiro nous considérait avec un air songeur.

— Je vais devoir expliquer la situation à ma maîtresse. Il ne fait aucun doute qu'elle sera terriblement contrariée. Le reste de la soirée pourrait s'en trouver chamboulé.

Sarah échangea un regard avec Christian et elle soupira avant d'acquiescer à l'intention du vampire.

— La présentation de mes preuves ne fait de sens que si toutes les parties sont présentes. Je crains que nous ne devions attendre que Mab soit remise.

Jörmun montra les dents. Je n'osais qualifier son expression de sourire vu la lueur mauvaise dans son regard.

— Je pourrais voir à ce qu'elle soit remise plus rapidement, dit-il.

Karl secoua la tête et prit la parole de sa voix gutturale.

— Non, quelque chose me dit que Mab n'a pas exactement joué le rôle qu'on lui attribuait. Ou alors il y a d'autres parties impliquées.

Il se tourna vers moi avec son regard de braise. J'avalai ma salive péniblement et confirmai d'un hochement de tête. Je n'osais pas mentionner l'artéfact devant le dragon, mais je ne voyais pas comment expliquer notre déduction autrement qu'en mentionnant la clé.

— Elle n'est pas en possession des preuves, comme nous l'espérions, dis-je.

Christian se passa une main sur la nuque puis se tourna vers Ichiro.

— Va voir ta maîtresse et explique-lui que nous avons un contretemps. Si Mab devait sortir de sa torpeur, fais-nous signe.

Ichiro s'inclina et nous salua avant de prendre la direction de l'étage inférieur. Christian se tourna vers le Windigo et moi.

— Nous allons retourner à la suite, le temps que tout le monde se calme.

Le dragon croisa les mains dans son dos.

— C'est un jeu dangereux auquel vous jouez, dit-il.

Sarah inspira et se tourna vers lui.

— Les résultats en valent la peine. Les renégats doivent être arrêtés. Cette folie a assez duré. Nous ne pouvons plus nous battre entre nous. Il y a eu assez de morts de chaque côté de la clôture. Il est temps de laisser la place à une nouvelle ère.

Elle envoya un regard lourd de sous-entendus vers Christian et il acquiesça avec un sourire attristé. Il salua le dragon et nous fit signe de le suivre vers la suite. Ce dernier retint Sarah d'un geste. Le Windigo hésita et une brise glaciale me fouetta les joues. Je pouvais comprendre sa réaction.

Jörmun avait tué le conjoint de Sarah, le père de Karl. À en croire Visdom, leur relation n'avait jamais été facile, mais je ne savais pas quelles étaient les possibilités après un tel drame.

Sarah offrit un sourire amusé à Karl et le chassa de la main. Peut-être que les immortels voyaient ce genre de chose différemment. Je tournai les talons et suivis Christian. Il ralentit le pas pour que je le rattrape et envoya un regard vers le Windigo derrière nous.

– Est-ce que j'ai bien compris que Mab ne serait pas en possession de la clé?

J'acquiesçai avec un regard circulaire, mais nous étions seuls dans le large corridor.

– Elle a demandé à ce qu'on lui remette les deux objets. Elle sait qu'ils sont ici, mais visiblement elle ne sait pas en possession de qui.

Il fronça les sourcils avant de secouer la tête.

– Je vais parler avec Sarah. On verra si on modifie notre plan. De toute façon, on va devoir attendre que les vampires se remettent de leurs émotions.

Un soupir m'échappa. Je pouvais comprendre pourquoi Karl était parfois tenté d'utiliser la violence. Il y avait tellement de choses auxquelles il fallait se conformer, c'en était étourdissant. Arrivée sur le palier inférieur, je réalisai que j'avais les mains vides.

– Je dois retourner dans la salle de réception, dis-je. J'ai oublié ma pochette.

J'hésitai une fraction de seconde en repensant à la patte de lapin. Sorcha m'envoya un regard curieux, mais je secouai la tête, incapable de formuler mes pensées à voix haute. La patte n'aurait pas dû se trouver sur moi lors de l'attaque. Le buckdjeuve avait visiblement bénéficié d'une liberté de mouvement plus grande que je ne le suspectais.

## Chapitre 17

Je repassai la porte de la salle, le bruit des pas du Windigo claquant sur le béton derrière moi. Je l'entendis poser une question à Christian tandis que je m'éloignais. L'endroit était toujours plongé dans la pénombre, mais il était maintenant vide. Des bruits de vaisselles et des éclats de voix me parvenaient de la section cuisine, mais c'était les seules traces de vie. Félicitée avait probablement dispersé la foule lorsqu'Ichiro l'avait mise au fait la situation.

Je traversai la piste de danse et me dirigeai vers la table que nous avions occupée. La nuit était bien avancée et je pouvais difficilement imaginer que nous allions rester debout encore plusieurs heures. Je comprenais toutefois que, si nous reportions les révélations de Sarah, il faudrait attendre au lendemain soir pour que les vampires soient des nôtres. Je soupirai à l'idée que j'allais assurément voir le lever du soleil sans avoir fermé les yeux.

Ma pochette était sur ma chaise, là où je l'avais laissé. Je tendis la main pour la prendre et dus cligner des yeux lorsque ma peau entra en contact avec la plume de l'Oiseau de feu. Elle était apparue d'une seconde à l'autre et émettait une lumière aussi violente que sa précédente propriétaire un peu plus tôt. Je la pris entre mes doigts, surprise par la chaleur qui en émanait. Je la rentrai délicatement dans la pochette et refermai le rabat. Je doutais que son apparition signale la fin de nos embûches.

Alors que je retournai sur mes pas pour sortir de la salle, des bruits attirèrent mon attention sur la tenture qui masquait l'accès aux cuisines. Je ralentis pour que mes souliers fassent moins de bruit et bifurquai dans cette direction. Je me figeai au son de plusieurs voix.

– L'un d'eux a l'artéfact, dit un homme.

Une femme lui répondit.

– Je sais bien, mais on ne va pas passer des heures à parcourir la Gare. Il nous le faut avant la fin de la nuit.

Je me déplaçai sur la pointe des pieds pour trouver une fente dans le tissu. L'éclairage n'était pas en ma faveur, mais je distinguais trois silhouettes. Une voix plus jeune se fit entendre.

– Et si on attendait que la maîtresse dorme? Ce serait plus facile, non?

Je fronçai les sourcils. Félicitée avait-elle dérobée la clé à Mab?

– Son lien de sang n'a plus d'emprise sur nous. Il n'y a rien qui nous retient. Il faut en profiter pendant que le Windigo est ici. Il a trouvé notre appartement dans Hochelaga. S'il est comme son père, il ne tardera pas à faire le lien.

Je me figeai à ces propos. Karl avait trouvé un endroit occupé par des sorcières plus tôt. Tout portait à croire que les trois personnes de l'autre côté du rideau en étaient. Et un sorcier? Comme les mages, je supposais que les deux sexes pouvaient manier la magie qui leur était propre.

Comment Mab avait-elle recruté des sorcières à sa cause?

Je tendis le cou pour changer d'angle et parvint à voir le visage de la femme au milieu. Ses traits me prirent quelques secondes à identifier, mais j'étais presque sûr que c'était une vampire que j'avais vue en compagnie de Jalia. Je me déplaçai de l'autre côté et l'homme pivota au même moment, me dévoilant le visage d'un démon de l'entourage d'Ulfric.

Ça ne faisait aucun sens. Comment pouvaient-ils être des sorcières et faire partie des autres délégations? À moins que Mab ait planifié leur infiltration.

– À ce stade-ci, nous avons réussi à convaincre Mab que Félicitée complote contre elle, dit l'homme. Avec l'artéfact, on aura ce qu'il faut pour renvoyer le dragon chez lui. Le Roi-Mage sera certainement bien content de fermer les yeux sur le bain de sang de ce soir.

Mon cœur manqua un battement. La situation était bien pire que nous le pensions. Les sorcières avaient non seulement infiltré les rangs des différents partis, elles avaient retourné les manipulations de Mab contre elle.

Et elles planifiaient bien pire encore.

Je devais avertir les autres. Mais je n'avais aucun nom à donner, seulement de vagues accusations. Personne ne me prendrait au sérieux. Sauf peut-être Karl et les Faoladh.

La femme soupira et se déplaça, me donnant un aperçu du visage de la plus jeune. Ses traits étaient anguleux et lui donnaient un air d'esprit de la forêt. Je reconnus une des Faes de l'entourage de Mab, une créature un peu courte sur patte et fluette. Je révisai mon estimation de son âge à la hausse.

– Je ne suis pas si sûr que le dragon sera accommodant. Mieux vaudrait prévoir un plan B. On pourrait monter le Windigo ou l'Oiseau de feu contre lui?

L'autre femme secoua la tête.

– Ça prendrait du temps que nous n'avons pas. On y va avec notre idée du sous-sol. Tu l'attireras en bas et on fera en sorte que l'attaque pointe vers les démons. Les Faoladh devront se rendre à l'évidence qu'ils ne sont pas les alliés qu'ils croyaient et la soirée sera ajournée.

– Bien, dit l'homme. Cath, va au sous-sol avec Viv. Anne et moi allons y attirer le Windigo.

Une décharge d'adrénaline me traversa le corps et je reculai brusquement. L'inquiétude de Karl me parvint par notre connexion et ses griffes raclèrent le sol bruyamment. J'entendis un juron de l'autre côté du rideau.

– Quelqu'un est là.

Je tournai les talons et partis en courant vers la porte, mais ma pochette tomba au sol et le rabat s'ouvrit. La plume de l'Oiseau de feu glissa et sa lumière se fit si intense qu'elle projeta des ombres partout autour de moi. Je me figeai, déchirée entre l'envie de fuir et le besoin de ramasser mes affaires. La voix de Sorcha me parvint depuis le corridor.

– Qu'est-ce qu'elle fait?

Le rideau s'écarta et je vis clairement les trois créatures qui s'y étaient cachées. Elles présentaient un étrange trio; un démon, une vampire et une Fae. C'était le plan parfait pour semer la zizanie parmi les Clans et la Faction. Tout le monde serait occupé à se pointer du doigt, comme l'avait prouvé l'incident avec Mab et le Chevalier noir. Le grondement du Windigo s'éleva derrière moi et la plume se mit à briller encore plus fort.

– On dirait bien qu'on a mis trop de temps à aller à la montagne et qu'elle est venue à nous, dit l'homme.

Je reculai doucement, n'osant pas leur tourner le dos. Le cliquetis des griffes du Windigo me signala son arrivée derrière moi. Une autre série de sons me fit hésiter et je lançai un regard par-dessus mon épaule pour voir Sorcha et Bryan sous leur forme lupine. Christian s'avançait entre eux, toujours humain.

Même si la situation était catastrophique, les battements de mon cœur reprirent un rythme tolérable. Je n'étais pas seule. Ma famille et mes amis étaient avec moi. La certitude que je pourrais toujours compter sur eux, et eux sur moi, s'ancra dans ma poitrine. Mon lien avec Karl se mit à chauffer et à répandre une vague de chaleur dans ma nuque. Peu importe l'issu de ce vis-à-vis, je savais que les personnes qui m'étaient les plus chères ne me laisseraient pas tomber.

Je reportai mon attention sur l'étrange trio. La femme vampire leva les mains et se mit à tracer des glyphes dans les airs. Je sentis sa magie glisser chaque côté de moi pour aller s'en prendre au Windigo. Il avança à ma hauteur et se pencha vers l'avant.

Sa gueule s'ouvrit toute grande et il rugit à pleins poumons.

Je fermai les yeux, secouée par la vibration et le froid. Des craquements me firent sursauter. Je rouvris les yeux pour voir les trois sorcières recouvertes d'une fine couche de glace produite par le souffle du Windigo.

Avec un cri commun, elles firent voler le carcan en éclat.

La pression dans mes oreilles se modifia et je grimaçai. La glace tinta en touchant le sol, comme autant de morceaux de verres. La surprise me figea sur place. Les trois créatures avaient changé d'apparence. Leurs traits distinctifs étaient disparus pour laisser la place à trois humains de taille moyenne.

Les deux femmes avaient le même teint rosé et pâle avec de longs cheveux auburn. L'homme les portait près du crâne, mais sa barbe possédait les mêmes reflets cuivrés. Ce ne pouvait qu'être des frères et sœurs, ou des cousins, vu la ressemblance. Mes connaissances sur les sorcières et les Faes étaient trop limitées pour savoir si ce genre de trompe-l'œil leur était propre ou si Mab le leur en avait fait cadeau. La femme du milieu nous pointa du doigt.

— Tu aurais dû rester en dehors de nos affaires, Windigo. Nous étions prêts à oublier les fautes de ton père, mais tu as pourchassé les nôtres et tu as pris le parti de nos ennemis.

Ce dernier s'avança vers les sorcières, la crête de poils hérissée sur son dos.

– Je vous aurais laissés tranquilles, mais vous avez attaqué notre délégation à son arrivée.

Vu comme elles avaient déjà placé des malédictions sur la porte de notre premier appartement et qu'elles avaient eu l'intention de tendre un piège au Windigo, je doutais que nous puissions nous sortir de cette situation sans nous battre.

Comme sa haute stature me dissimulait au regard des sorcières, j'en profitai pour me préparer. Je tournai mon bras, paume vers le haut, et traçai tous les glyphes dont je pouvais me souvenir. La force et la vitesse étaient les plus simples. L'inconfort était moins grand que la première fois et c'était sûrement que les effets s'amenuisaient, et non une quelconque accoutumance. J'espérais que ça serait suffisant pour me donner l'avantage. J'activai ensuite un glyphe de détection, pour mieux voir leur magie.

Le dernier glyphe défensif servait à durcir la peau, et Marc me l'avait suggéré en pensant que j'aurais affaire à des vampires entreprenants. Face à des sorcières maniant le feu, cette protection me semblait toute désignée. Mes doigts tracèrent la peau à l'intérieur de mon coude et un fourmillement se répandit dans mes bras puis au reste de mon corps. Mes mâchoires se crispèrent et je retins un haut-le-cœur.

Devant le Windigo, l'homme retroussa les lèvres.

– Les Faoladh auraient dû se contenter de gérer leur ville et rester loin de Montréal. Je vais être bon joueur et vous offrir une dernière chance de quitter notre territoire.

Les pas de Christian résonnèrent dans la salle, accompagnés par les grondements des loups à ses côtés.

– Vous faites erreur en épousant la cause des renégats, dit-il. Les Clans ont obtenu des concessions du Roi-Mage, et sans aucun affrontement.

La femme de gauche lui lança un regard méprisant.

– Les renégats sont le dernier de nos soucis et le Roi-Mage devrait rester de son côté de la flaque.

Je fronçai les sourcils. Nous avions cru que Mab coordonnait les renégats. Si les sorcières étaient aussi à sa solde, il aurait été logique qu'ils travaillent tous ensemble. Visiblement, elles avaient décidé de se retourner contre Mab et sa cause. Ces créatures n'en étaient que plus dangereuses, car nous ne pouvions pas négocier avec elles.

La sorcière qui avait attaqué Sarah avait parlé de se venger des vampires. Mais ni les Clans ni la Faction ne resteraient les bras croisés en regardant les sorcières semer le chaos. Qu'elles fassent partie des renégats ou non, leurs revendications allaient se terminer en conflit généralisé. L'homme offrit un sourire carnassier.

– Vous nous serez plus utiles morts que vivants.

Les deux femmes avancèrent et se placèrent devant lui. Il s'agenouilla et se mit à faire danser ses mains et à psalmodier. Le sol autour de lui s'illumina progressivement. Le Windigo se ramassa sur lui-même et chargea les sorcières. La première lui lança une poignée d'herbes au visage, l'obligeant à modifier sa trajectoire au risque d'être aveuglé. La deuxième sorcière secoua le bracelet à son poignet et un long bâton apparu dans ses mains. Elle le fit tournoyer et l'abattit sur l'épaule du Windigo. Il gronda et tenta de l'attraper, mais la sorcière bondit sur une table de service avant de revenir à la charge. La deuxième sorcière leva les mains au ciel.

– Que tes sens se brouillent, que ton corps te trahisse, que ton contrôle t'échappe.

Les herbes qui s'étaient déposées un peu partout prirent feu et brillèrent dans l'obscurité. Le Windigo chancela et recula d'un pas avant de secouer la tête. La panique fit accélérer mon souffle. Je me tournai pour voir pourquoi les Faoladh n'avaient pas sauté dans la mêlée.

Une quatrième sorcière se tenait dans le cadre de porte et l'entrée de la salle était illuminée d'une aura dorée.

On aurait dit une bulle de savon géante. Sorcha et Bryan avaient pris la sorcière en tenaille tandis que Christian se métamorphosait. Les mains de leur adversaire dégoulinaient d'une substance orangée. Le sol fumait au contact des gouttelettes, semblables à de la lave ou de l'acide. Les loups feintaient, mais n'osaient pas approcher, au risque d'être gravement brûlés.

Il me restait bien un recours pour les aider. J'activai le dernier glyphe qui devait servir de projectile. Rien ne se passa. Je retraçai le parcours une deuxième fois et un poids se fit sentir dans ma paume. Je relâchai mon souffle de soulagement et tendis la main vers la sorcière, mes épaules tournées de côté comme Marc me l'avait conseillé. Mon attention rivée sur ma cible, j'inspirai et ouvris les doigts à l'expiration.

Une boule bleutée quitta ma main dans un spasme et s'écrasa sur la poitrine de la sorcière.

Elle fut projetée contre le halo doré sous la force de l'impact. La barrière résista et elle glissa au sol. Peu importe la nature de cette bulle, nous ne pourrions pas nous sauver et probablement pas espérer de renfort. Comme les Faoladh en avaient profité pour attaquer, je me tournai vers le Windigo.

Les herbes continuaient de flotter tels des tisons autour de lui. Il secouait la tête chaque fois que l'une d'elles approchait de son champ de vision. Il tentait tant bien que mal d'attraper son adversaire, mais les coups de bâtons étaient de plus en plus rapprochés, visant les articulations et les points sensibles. Les herbes semblaient nuire à sa perception spatiale et la plupart de ses attaques manquaient leur cible. Il rugit et une couche de givre se propagea au sol autour de lui.

La sorcière au bâton fut momentanément déstabilisée et dut reculer pour reprendre son équilibre. Celle qui avait lancé les herbes continuait de psalmodier. Si je parvenais à la déconcentrer, les tisons cesseraient de le déranger.

Un bruit étrange attira mon attention sur le sorcier qui était resté en retrait. Il se releva et écarta les bras. Le cercle qu'il avait formé crépitait et des étincelles éclaboussaient le sol tout autour. Une masse noire se mit à grouiller à ses pieds et à se tordre dans tous les sens. Je clignai des yeux, incapable de croire à ce que je voyais.

Des créatures velues sortaient du cercle et se rependaient dans la salle.

Leur démarche était étrange, comme si les jointures étaient déformées et qu'elles auraient dû pouvoir marcher à la verticale. Elles étaient silencieuses, si ce n'était le cliquetis de leurs pattes sur le sol. Elles encerclèrent le Windigo et l'attaquèrent de toutes parts.

Je tendis le bras pour lancer un autre projectile, mais je savais que mes coups étaient comptés. Il m'en restait probablement trois ou quatre. Et il devait bien y avoir des dizaines de créatures. Elles grimpaient les unes sur les autres et tournaient autour de Windigo, toujours en mouvement. J'étais incapable de choisir une cible.

La sorcière au bâton avait échangé son arme contre une énorme arbalète qu'elle s'affairait à charger. L'autre avait troqué ses herbes contre une lame qu'elle passa au creux de sa main. Ses lèvres s'agitèrent en silence et un film jaune passa sur ses iris. Elle parcourut la salle des yeux et son attention s'arrêta sur moi.

Un sourire étira ses lèvres et mon cœur manqua un battement en réalisant qu'elle avait déjoué mon camouflage magique. Elle se mit à marcher dans ma direction, une main plongée dans une des pochettes à sa taille. Je tendis le bras et me concentrai sur sa silhouette. Le poids du projectile se forma dans ma paume. La sorcière n'était plus qu'à deux tables de moi.

Je relâchai mon souffle et la boule d'énergie partit. Elle lança une poignée d'herbes et un éclair de lumière m'aveugla. Je reculai sans voir où j'allais, heurtant des chaises sur mon passage.

Ma vue revint alors qu'elle s'apprêtait à lancer une autre poignée d'herbes. Considérant l'effet qu'elles avaient eu sur le Windigo, je ne pouvais pas les laisser me toucher. Toutes les fois où j'avais été pourchassée par Bastien dans la cuisine avec un linge à vaisselle me revinrent en mémoire. J'avais rarement eu le dessus, mais j'avais toujours réussi à placer quelques bons coups.

Je tirai violemment sur la nappe la plus proche. La vaisselle et le centre de table se répandirent au sol avec un bruit de porcelaine cassée. Lorsque la sorcière tendit la main, je fouettai l'air avec la nappe. Elle tenta de l'attraper pour me l'arracher et je tirai rapidement pour esquiver. Son regard était hargneux tandis que je faisais tournoyer mon arme improvisée alors qu'elle tentait de me contourner.

Mon dos frappa le mur et je réalisai avec horreur qu'elle m'avait acculée. Son sourire se fit mauvais et elle attrapa la nappe d'un geste brusque. J'envoyai un coup de pied dans la chaise la plus proche pour la lui envoyer dans les genoux. Sous l'impact, elle relâcha la nappe et recula avec un grognement.

Le hurlement d'un loup trancha sur les bruits de combat. Des frissons me remontèrent les bras. C'était un appel à la chasse. La sorcière se tourna pour faire face au loup qui bondissait sur elle. Je reconnus le pelage plus pâle de Christian alors qu'il plaquait la sorcière au sol. Elle lui envoya les pieds au ventre et l'obligea à battre en retraite.

Il tourna autour d'elle, tout croc sorti et les poils de son échine dressés. La sorcière me fit dos et je levai le bras pour conjurer un projectile. L'énergie s'amassa lentement et je poussai plus fort, les dents serrées. Les muscles de mon dos se crispèrent sous l'effort et une vague de douleur se propagea dans ma poitrine.

Le projectile se forma enfin et j'envoyai la décharge entre les omoplates de la sorcière. Le choc la projeta vers Christian et il lui sauta à la gorge. Les bruits de chair déchirée me firent fermer les yeux et je bloquai mon souffle pour éviter que mon estomac ne se rebelle.

Un bruit sourd signala la fin du combat et je vis le loup enjamber le corps dans ma direction. Son museau et son poitrail étaient striés de rouge, mais son regard était bien celui de mon père adoptif. Je lâchai le coin de la nappe d'une main tremblante et me concentrai sur ma respiration. Christian inclina la tête en guise de question.

– Je n'ai rien, répondis-je.

Sa truffe trouva ma main et il la poussa jusqu'à ce que je réagisse. Je passai les doigts dans son épaisse fourrure, rassurée par la chaleur de sa présence. Un soupir m'échappa lorsqu'il se dégagea pour se porter au secours du Windigo.

Au milieu de la salle, le sol était couvert de liquide visqueux et noir. Des dizaines de corps monstrueux étaient éparpillés autour de Windigo, mais il en arrivait toujours plus. Karl se battait avec acharnement, mais la fatigue ralentissait ses gestes. Il donna un coup de tête à un adversaire récalcitrant et l'empala sur ses andouillers.

L'arrivée de Christian lui donna une chance de reprendre son souffle et il rugit. Une brise froide tournoya dans la pièce et plusieurs créatures furent pétrifiées sous une couche de givre. Bryan et Sorcha ne perdirent pas un instant pour les démembrer dans une chorégraphie mortelle.

Le flot de créatures commençait à diminuer, et avec les trois Faoladh en renfort, le Windigo les avait presque toutes éliminées. Le sorcier qui les avait invoqués s'avança. Ses mains se mirent à crépiter et des flammes remontèrent le long de ses bras. Il prit une position défensive, visiblement prêt à faire feu.

Il ne me restait plus qu'à espérer que mon camouflage naturel soit encore efficace. Je longeai le mur pour me rapprocher de la confrontation. Le sorcier leva les mains pour lancer ses projectiles enflammés et le Windigo se tourna au même moment. Il ouvrit grand sa gueule et un souffle noir en sortit.

Les projectiles percutèrent l'étrange nuage et provoquèrent une explosion assourdissante. Le corps du sorcier vola dans les airs et s'écrasa au mur avant de glisser jusqu'au sol, ses membres désarticulés.

L'onde de choc m'obligea à prendre appui pour garder mon équilibre. Un sifflement couvrit tous les autres bruits, et même si je voyais les loups grogner et porter des coups, je ne distinguais plus aucun son. La scène se jouait devant mes yeux, mais j'entendais seulement le bourdonnement dans mes oreilles.

La sorcière restante chargea son arbalète et la pointa vers la poitrine du Windigo. Trop occupé par les créatures monstrueuses, il ne s'en était pas rendu compte. Je regardai autour de moi, paniquée. La dague que la sorcière morte avait laissé tomber au sol luisait sous l'éclairage mauve des D.E.L. Je me penchai et attrapai le manche poisseux. Je portai l'autre main à une oreille et continuai ma progression malgré la douleur qui me vrillait le crâne.

La sorcière appuya sur la détente et la flèche partit. Je vis le corps de Bryan s'agiter d'un soubresaut, le carreau planté dans son épaule. Les hurlements des loups se joignirent au rugissement outragé du Windigo.

Plusieurs créatures monstrueuses tournaient autour d'eux. Bien à l'abri derrière cette ligne, la sorcière était libre de tirer de nouveau. Si mon ouïe ne fonctionnait plus, ça ne m'empêcherait pas de leur venir en aide. Je ne pouvais pas juger de ma propre discrétion, mais le regard de la sorcière était rivé sur le combat. Je sprintai le long du mur pour arriver derrière elle.

J'étais à quelques pas lorsqu'elle se pencha pour recharger son arme. Je raffermis ma prise sur la dague et repensai aux leçons de Sorcha. Nous nous étions exercées à quelques reprises avec de fausses armes. J'avalais ma salive péniblement et franchis les derniers mètres entre la sorcière et moi. Je l'attrapai par le cou et lui enfonçai la lame sous les côtes. La résistance me prit par surprise et je manquai laisser tomber l'arme.

Son corps fut secoué de spasme et je poussai la lame un peu plus profondément. La sorcière ouvrit la bouche sans bruit et s'écroula au sol, son arbalète glissant de ses doigts. Je relâchai la dague et reculai, horrifiée. Sorcha bondit sur la sorcière, toutes griffes dehors, achevant le travail. Je trébuchai sur une chaise et dus me rattraper à la table la plus près. La sorcière se contorsionna pour se dégager, mais c'était peine perdue.

Mon regard était fixé sur la dague plantée dans sa chair. J'étais incapable de détourner les yeux ou de bouger. Une silhouette me coupa la vue et deux mains au teint hâlé se posèrent sur mes épaules. Je relevai les yeux, encore sous le choc. Annick était devant moi et je voyais ses lèvres bouger sans rien entendre.

Je secouai la tête, incapable de parler. Ses mains se portèrent à mes oreilles et sa bouche s'agita encore. Elle ferma les yeux et colla son front contre le mien. Un frisson me parcourut depuis l'endroit où sa peau touchait la mienne et mon ouïe revint comme une vague déferlante. J'agrippai ses avant-bras pour ne pas chanceler. Elle me sourit et attendit que je reprenne pied avant de me lâcher.

– Es-tu blessée ailleurs?

Je secouai la tête, la gorge trop serrée pour parler. Elle se tourna vers Christian, qui avait repris forme humaine. Il était agenouillé aux côtés de Bryan pour étudier le carreau. Je remarquai alors la présence du reste de la délégation des Shamans; deux hommes et une femme que j'avais déjà croisés sur la réserve ou chez Christian. L'un d'eux surveillait la porte, tandis qu'un autre faisait le tour des sorcières tombées au combat.

– Que s'est-il passé? demanda Annick. Nous sommes allés à votre suite, mais Rian a dit que vous n'y étiez pas retourné. Puis j'apprends qu'un des vôtres a été maudit, mais que vous ne nous en avez pas parlé.

– Des sorcières, répondit Christian. Un coven entier, visiblement.

Annick croisa les bras, les lèvres pincées.

– Vous vous seriez évités bien des problèmes si vous nous en aviez parlé. Emilie a retiré la malédiction de Gill en quelques minutes à peine.

Christian prit un air embarrassé et la remercia. Je me tournai vers le centre de la piste de danse. Le Windigo avait mis un genou au sol et sa poitrine était agitée par son souffle court tandis que des tisons continuaient de flotter autour de lui. Je le pointai du doigt.

– Je crois que Karl aurait aussi besoin d'aide pour se débarrasser du sort qui lui a été lancé.

Annick l'étudia et fit signe à Emilie de s'approcher. Encore désorienté par les herbes de la sorcière, le Windigo pivota avec un grondement sourd. La Shaman fronça les sourcils et se tourna vers moi avec un geste impatient.

– Garde-le calme le temps que je retire la malédiction.

Mes sourcils grimpèrent en haut de mon front. Comment étais-je censée accomplir un tel exploit? Sorcha aboya pour attirer l'attention du Windigo et éviter qu'il ne s'en prenne à la Shaman. Il se tourna et vacilla, désorienté par le mouvement brusque. Je me tournai vers lui et essuyai la sueur de mes paumes sur ma robe.

Utiliser la force était hors de question.

Je fermai les yeux et remontai notre lien. Son esprit était encore embrumé par l'attaque de la sorcière et ses sens lui transmettaient des informations contradictoires. Je tirai d'un coup sec sur notre connexion et son attention se tourna vers moi.

C'était une chose impressionnante d'être le centre de l'attention d'une créature aussi imposante. Je lui envoyai le souvenir du cadre qu'il m'avait offert, celui de la forêt qui disparaissait dans l'obscurité. Je sentis la tension se relâcher et le Windigo renâcla.

Emilie hocha la tête, satisfaite, et leva les mains. Sa voix me parvenait, mais je ne distinguais pas les paroles de son chant. La cadence était étrangement captivante. La douleur de Karl me fit l'effet d'un coup de fouet, soudain et intense. Puis le monde reprit sa place et le Windigo secoua la tête. Je me retirai de notre connexion pour le laisser reprendre ses sens. Il se redressa et s'ébroua comme s'il sortait de l'eau.

Annick se dirigea vers Bryan et s'arrêta devant Christian. Elle écarta une main en guise de question silencieuse. Il hocha la tête et elle se pencha pour étudier la blessure du loup.

— Je peux essayer de l'extraire délicatement, puis te guérir. Ou alors je tire un bon coup et je te guéris. Le résultat est le même, mais la première option prendra plus de temps.

Bryan releva le nez vers Christian et ce dernier acquiesça.

– Je vais retirer le carreau. Tu le guériras après.

Il fit coucher le loup de tout son long. Sa langue était complètement sortie et ses flancs étaient agités par ses halètements. Sorcha trotta jusqu'à eux et se coucha devant Bryan. Elle lui lécha la truffe avant de coller son museau contre son cou. Il ferma les yeux et Christian empoigna la tige. Je frissonnai en entendant le glapissement de douleur du loup.

Annick plaça ses mains de chaque côté de la plaie et pencha la tête vers l'avant. Cette fois-ci, j'entendis son chant, différent de celui d'Emilie, mais tout aussi fascinant. Le corps de Bryan se détendit finalement et Annick se retira pour le laisser reprendre contenance. La plaie était refermée, laissant une peau rosée à la place.

Je contemplai la salle de réception transformée en champ de bataille. Entre les quatre sorcières, les créatures cauchemardesques et les combats, l'intégralité des occupants de la Gare Viger aurait dû se presser aux portes. Je dus poser la question à voix haute, car Annick pointa des marques au sol.

– Elles ont tracé des sorts de confinement. C'est plus qu'une barrière physique.

Mon regard alterna entre les dessins et ce qu'il restait des sorcières. Elles avaient su où nous avions eu l'intention de rester au début de notre séjour. Elles avaient attaqué Sarah dès son arrivée à la Gare. Et si le Windigo n'avait pas dissipé l'illusion, nous aurions cru à une attaque orchestrée entre les Faes, les vampires et les mages. La Faction contre les Clans.

Si Mab avait été de mèche avec les sorcières, pourquoi ne pas les avoir amenées en renfort pour nous confronter Karl et moi plus tôt? La conclusion logique voulait qu'elle ait perdu le contrôle des sorcières. Ou peut-être qu'elle ne l'avait jamais eu.

Une de leurs paroles me revint en mémoire. Elles avaient fait référence à un lien de sang qui s'était estompé.

Les Faes ne possédaient pas ce genre de magie, c'était le propre des vampires. Les implications me firent pâlir.

Je suivis le Windigo du regard alors qu'il remerciait Emilie de son intervention puis je me tournai vers Christian.

– Et si Mab avait été le pion d'une autre personne avec de plus grands dessins que la chute du Roi-Mage?

J'entendis le Windigo gronder et le vis s'approcher. Annick fronça les sourcils et mit les mains sur ses hanches. J'étais trop énervée par mes conclusions pour laisser sa désapprobation m'arrêter.

– Pensez-y. Ça ne fait aucun sens. Mab est dans sa chambre à pleurer la perte du Chevalier noir. Et nous avons été attaqués juste sous le nez de notre hôtesse. Pour la deuxième fois. À toutes fins pratiques, nous n'avons aucun témoin. Et si les Faoladh n'avaient pas été avec nous, les sorcières auraient éliminé le Windigo. C'est ce que j'ai entendu en passant à côté du rideau. Elles parlaient de faire passer la responsabilité de cette attaque sur le dos d'un autre parti. Les mises en accusation de Sarah auraient été définitivement annulées.

Le Windigo se passa une main griffue sur le visage avec un grondement sourd. Mon regard alterna entre Annick et Christian.

– Pouvez-vous organiser une rencontre privée avec les chefs de délégation? Karl pourra prendre une douche et manger quelque chose entre temps. Je sais comment révéler la vérité.

La Shaman envoya un regard inquisiteur au chef de meute et il lui répondit d'un sourire.

– Si on peut mettre fin à ces conflits, la méthode m'importe peu.

# Chapitre 18

Je regardai les autres quitter la salle de réception. Le Windigo soupira avec un air fatigué. Les créatures lui avaient infligé plusieurs lacérations et il était recouvert de sang et de liquide noir.

Les Shamans n'avaient pas offert de le guérir. Je savais que la nature de Karl les rendait méfiants. Mon cœur se serra pour lui, mais je savais qu'il se remettrait rapidement de ses blessures de toute façon.

Je me tournai vers le fond de la pièce et avançai vers le mur. Le regard curieux du Windigo pesait sur ma nuque. Je fis de mon mieux pour ignorer les flaques noires et les membres arrachés des créatures. L'odeur me prit à la gorge et mon estomac se souleva. Je pinçai le nez et fis de mon mieux pour respirer par la bouche.

Arrivée au mur, je m'accroupis devant le corps du sorcier.

Le feu appelle le feu, avait dit Sarah. Les sorcières avaient tendance à tout détruire sur leur passage et c'est ce qui leur avait valu le bannissement. Le combat de ce soir avait mis en relief leur pouvoir destructeur. J'avais aussi vu les pouvoirs de glace du Windigo à l'œuvre. Sarah avait expliqué, en octobre dernier, que le feu était meilleur pour dissimuler ou dissiper que révéler. J'écartai les pans de la veste de la sorcière pour exposer ce que mon glyphe de détection avait repéré.

L'objet ressemblait à une mince plaque carrée. Une légère dépression se devinait au centre et sa forme ressemblait à la base du sceptre dessiné dans le dos de Sarah. J'étais prête à parier mon collier de rubis que c'était la clé. Celle que Mab aurait dû avoir en sa possession. Celle qui pouvait activer l'artéfact et permettre de contrôler les dragons.

Un cliquetis de griffe sur le sol me fit relever les yeux. Le Windigo se pencha au-dessus de mon épaule, prenant soin à ne pas me toucher avec ses mains poisseuses. Ces yeux de braise luisaient dans la pénombre et son souffle me glaçait la nuque. Sa surprise se devinait par notre connexion. Il haussa un épais sourcil. Je sortis mes amulettes de leur cachette et les passai au-dessus de l'objet.

– Rien. On dirait bien qu'elle n'est pas piégée.

Le Windigo tendit une patte griffue et j'y déposai la clé avec délicatesse. Sous sa forme bestiale, sa main était suffisamment grosse pour cacher l'objet une fois ses doigts refermés.

– Retournons à la suite, dis-je. Je n'ai pas envie de faire attendre les chefs de délégation.

Le Windigo retroussa les lèvres sur son impressionnante dentition, comme pour dire qu'ils pouvaient bien brûler en enfer, mais il prit la direction de la sortie d'un pas lourd. Je marchai à ses côtés dans les couloirs déserts jusqu'à notre porte. Je crus apercevoir Jalia à un détour, mais elle disparut trop vite pour que j'en sois sûr.

Une fois arrivé, le Windigo gronda et ses articulations se mirent à craquer.

Ce n'était pas l'endroit idéal pour reprendre sa forme humaine, mais ses andouillers n'auraient jamais passé le cadre de porte. J'attendis que son souffle reprenne une cadence normale avant de lever les yeux vers lui. Il glissa la clé dans la ceinture de son pantalon et la recouvrit de son t-shirt avant de me faire signe d'ouvrir la porte.

J'entrai dans la suite et Alain se leva d'un bond. Sorcha n'était nulle part en vue, mais je pouvais entendre l'eau couler depuis sa chambre. Rian siffla et marmonna quelque chose à propos des manières de table. Alain étudia Karl de la tête aux pieds et s'écarta de son chemin. Ce dernier se dirigea vers notre chambre et ne prit même pas la peine de fermer la porte ou d'allumer. La poignée de la salle de bain cliqueta et le bruit de la douche se fit entendre.

Je me tournai vers les autres et frottai mes mains sur mes cuisses pour essuyer la sueur. Je les relevai en réalisant que la couleur sombre de ma robe avait caché l'étendue des dégâts. J'avais été éclaboussée de sang et du liquide noirâtre des créatures. Un goût acide m'envahit la bouche et mon souffle se mit à accélérer dangereusement. Des points noirs dansèrent devant mes yeux. J'étais incapable de reprendre le dessus.

– Doucement, doucement, dit Alain.

Il me tira par la main et m'obligea à m'asseoir dans le sofa, la tête entre les genoux. Je pouvais entendre Rian poser des questions, mais je n'étais toujours pas en mesure d'y répondre. Une fois ma respiration revenue à la normale, Alain relâcha ma nuque et me laissa me redresser.

Gill était couché de tout son long dans un divan face à moi, ses pieds dépassant au bout. Il ronflait bruyamment, mais son teint avait repris une couleur naturelle. Je fronçai les sourcils; même s'il était épuisé, les bruits et la conversation auraient dû le réveiller. Rian suivit la direction de mon regard et expliqua.

– Les Shamans sont passés il y a une vingtaine de minutes. Une des femmes a libéré Gill de la malédiction avant de repartir. Puis Christian et Bryan sont passés en coup de vent pour prendre Sarah avec eux. Qu'est-ce qui s'est passé? Félicitée nous a confiné à nos suites le temps que les vampires enquêtent sur l'attaque contre Mab.

Je secouai la tête.

– C'est l'excuse qu'elle a donnée?

Alain fronça les sourcils.

– C'était une diversion? Qui vous a attaqué?

Je portai un doigt à mes lèvres. Vu la nature sournoise des vampires et des Faes, nous étions sûrement épiés. Je n'étais pas prête à dévoiler mon plan, si près du but. Ou peut-être que les événements de la soirée m'avaient rendue méfiante. Je baissai les yeux vers mes mains puis sur ma robe.

– Je dois me changer.

Rian plissa les yeux et me considéra avant de se tourner vers la porte de sa chambre. Il frappa et Sorcha ne tarda pas à ouvrir, les cheveux encore mouillés de sa douche.

– As-tu apporté ton ensemble de dominatrice? demanda-t-il.

Elle lui envoya un regard dédaigneux.

– C'est un ensemble de moto.

Il agita une main.

– Peu importe. Ça fera l'affaire.

Je me retrouvai dans la douche de la salle de bain principale, puisque Karl n'avait pas encore terminé dans la nôtre. Sorcha plaça des vêtements propres à côté de l'évier et me laissa seule. Je me tournai vers le miroir et ouvris de grands yeux devant le désastre.

Des traces noires ornaient mes joues, des mèches de cheveux s'étaient échappées un peu partout. Ma robe était en un morceau, mais je doutais que les marques laissées par le sang des créatures partent au nettoyage. Je me déshabillai et laissai le vêtement en tas dans un coin.

Je pris ma douche rapidement et séchai mes cheveux encore plus sommairement. L'ensemble que Sorcha m'avait donné était composé de leggings noirs, ajustés, mais extensibles. Une longue bande de cuir descendait le long de la cuisse avec un motif texturé à côtes. J'enfilai le haut sans manches blanc et relevai les yeux vers le miroir. Je grimaçai à la vue de mon décolleté, car la coupe était plus ajustée que mes préférences habituelles. J'attrapai la veste en cuir et l'enfilai.

La poitrine était ornée de fermetures éclairs et de poches à rabat. Des coutures décoratives courraient le long des épaules et des pans avant. Le blouson était court et dévoilait ma taille. Je tentai de remonter la fermeture un peu plus haut pour cacher ma poitrine, mais le tissu était trop étroit aux épaules et ça ne fit que resserrer l'ensemble et mettre de l'avant la coupe de la camisole.

Je soupirai avec un regard à l'heure affichée sur mon cellulaire. Je pouvais entendre Karl parler avec Rian et Sorcha. Je sortis de la chambre et attrapai un élastique à cheveux au passage. Le silence soudain dans le salon me fit relever les yeux. Sorcha me souriait de toutes ses dents.

– Laisse tes cheveux libres.

Gill était réveillé et avait la bouche grande ouverte. Alain se racla la gorge et lui envoya une petite tape sèche derrière la tête. Il ferma la bouche, mais ses yeux étaient toujours écarquillés. Je me tournai vers Karl qui s'était lui aussi changé. Il avait opté pour un jeans noir et un simple t-shirt blanc. Le côté sobre de son ensemble ne faisait que mettre l'accent sur la lueur dangereuse dans ses yeux.

– Sarah a envoyé un message texte pour dire qu'ils nous attendent dans le salon privé de Félicitée.

Je pris une bonne inspiration.

– Allons-y.

Alain et Sorcha firent mine de nous emboîter le pas, mais Karl secoua la tête. Devant leurs froncements de sourcils identiques, il leur expliqua.

– Il n'y aura que les chefs de délégation, et probablement leurs seconds. Préparez-vous à un départ rapide, au cas où.

Rian eut un rire dérisoire.

— Je suis coincé dans cette suite depuis deux jours. Vous allez voir, ce n'est pas si mal.

Je lui fis une grimace d'excuse et sortis dans le couloir. Karl referma la porte derrière nous.

— Je voulais te remettre la clé, mais avec cette tenue, je ne vois pas où tu pourrais la cacher.

Je retroussai le nez.

— Je sais, j'ai l'air ridicule. Je n'avais plus rien de formel à mettre.

Il secoua la tête.

— Ridicule n'est pas du tout le mot qui me vient en tête. Allons-y avant que je change d'idée.

Il prit ma main et se dirigea vers la mezzanine qui menait au salon de Félicitée. Des dizaines de créatures surnaturelles s'étaient amassées le long de la balustrade. Des vampires nous coupèrent le chemin et l'un d'eux prit les devants.

— Qu'est-ce que cette rencontre signifie? Pourquoi devez-vous vous cacher pour discuter?

Quelque part derrière, une voix s'éleva.

— Les Clans se vantent d'être différents de la lignée du Roi-Mage, mais c'est du pareil au même.

Karl se redressa et la température chuta autour de lui. Je clignai des yeux lorsque la lumière ambiante diminua en réaction à sa colère. La soirée, ou plutôt la nuit, avait été trop mouvementée et il ne me restait plus assez d'énergie pour m'inquiéter.

— Libérez le chemin, dit-il. Vous serez informés en temps et en heure.

Le vampire fit mine d'avancer sur nous. Karl fut plus rapide et le saisit à la gorge. Les yeux du vampire s'arrondirent, mais il n'eut même pas le temps de réagir. Karl le souleva dans les airs et le projeta par-dessus la balustrade.

Un bruit sourd marqua l'atterrissage du vampire à l'étage inférieur.

Je n'osais plus bouger. Le pauvre survivrait certainement à sa chute vu sa nature, mais c'était quand même une démonstration impressionnante. Les autres créatures surnaturelles semblaient du même avis, car un chemin se dégagea jusqu'à la porte du salon.

Karl me fit signe de le précéder et je traversai cette étrange haie d'honneur silencieuse. Comme par enchantement, le battant pivota avant même que j'y touche. Je vis le visage amusé de Sarah qui tenait la poignée. Elle me céda le passage avec un geste de la main et je la remerciai d'un sourire avant de passer le seuil. Elle sursauta lorsque Karl me suivit.

Son regard se dirigea vers la clé qu'il venait de sortir de sous son t-shirt. Elle haussa un sourcil inquisiteur, mais ne posa pas de question. J'avançai jusqu'au centre de la pièce, suivie de Karl.

Mon regard fit le tour des visages assemblés. Félicitée était debout près du foyer, en compagnie d'Ichiro. Le duc Nikolaj se tenait non loin, avec Titania et son Béret rouge. Mab était assise dans un petit sofa juste à côté. Son regard était perdu dans le vague.

En face, la Corriveau, Annick et Ulfric s'alignaient devant la bibliothèque. L'oiseau-tonnerre me salua d'un hochement de tête. Un Sasquatch, le représentant de l'Alliance des mages, la plupart des seconds et d'autres surnaturels que je ne connaissais pas terminaient l'ensemble.

Un mouvement attira mon regard sur le côté et je reconnus Memphré, le monstre lacustre qui m'avait conseillé en septembre dernier. Son visage rond et jovial tranchait sur toutes les autres expressions sévères. Il leva son verre à mon intention et me fit un clin d'œil.

J'aurais bien pris quelque chose d'alcoolisé pour calmer mes nerfs, mais visiblement, il était le seul à boire. Christian et Bryan se déplacèrent et vinrent se positionner près de Karl et moi. J'expirai discrètement et fis face à Félicitée.

– Que fait-elle ici? demanda Titania. Je croyais que vous aviez convoqué une réunion des chefs de délégation.

Le Sasquatch lui jeta un regard méprisant.

– Ne sous-estime jamais les humains et leur désir de survie. Ce ne sont pas les mages ou les Faes qui ont pratiquement exterminé ma race.

Elle soupira et haussa un sourcil en attendant que je parle. Je croisai les mains devant moi pour les empêcher de trembler.

– J'ai appris énormément de choses ce soir.

Le sourire de Félicitée se fit quelque peu hautain, mais je poursuivis.

– Principalement sur les sorcières. On m'a dit qu'un traité a été signé à l'effet que quiconque en abriterait serait passible de destitution ou de mort.

Les lèvres de Félicitée se pincèrent.

– Elles ont été chassées ou exterminées de mon territoire il y a bien longtemps.

J'acquiesçai.

– À la même époque où vous avez expulsé le Bonhomme Sept Heures.

Je vis des regards s'échanger dans la salle.

– Un des membres de la délégation des Faoladh a été la victime d'une malédiction à notre arrivée à Montréal.

Cette fois-ci, j'entendis quelques murmures.

– Nous avons pensé à un événement isolé. Jusqu'à ce que deux sorcières attaquent Sarah à son arrivée à la Gare Viger.

Félicitée se redressa avec un air indigné. Elle se tourna vers Ichiro.

— Pourquoi n'ai-je pas été mise aux faits de ces incidents?

Je le pris de vitesse pour répondre.

— Pour la même raison que vous avez si gracieusement accepté d'accueillir les célébrations du Solstice.

Toutes les créatures surnaturelles me fixaient avec intensité. Celles qui étaient les plus près de Félicitée avaient commencé à s'éloigner imperceptiblement.

— Vous saviez que Sarah essayait d'attirer la reine Mab avec l'artéfact.

La tête de la Fae se redressa à son nom. Son regard alterna entre moi et la maîtresse des vampires, mais elle n'intervint pas. Le duc Nikolaj se tourna vers elle avec un regard impérieux et les épaules de Mab s'affaissèrent.

— Je ne suis plus en possession de la clé, avoua-t-elle. On me l'a dérobée.

Félicitée ne me quittait pas du regard, ses poings serrés à ces côtés. Je haussai les sourcils.

— Vous aviez la clé et vous espériez obtenir l'artéfact.

— Comme je n'ai ni la clé ni l'artéfact en ma possession, vos accusations me semblent plutôt fantaisistes, répondit-elle.

Je pris un air songeur.

— Mais ce sont les sorcières qui me laissent perplexe. Que leur avez-vous promis pour qu'elles vous obéissent?

Le regard de Félicitée se plissa, mais elle ne démentit pas mon accusation.

— Plus important encore, que leur avez-vous fait pour qu'elles décident de se venger? Quelque chose a dû se passer et vous avez perdu le contrôle. Sinon, elles ne nous auraient pas attaqués ce soir dans la salle de réception, alors que tous étaient confinés à leurs appartements.

Il y eut plusieurs exclamations de surprise. Comme sous le coup d'un signal silencieux, la porte du salon s'ouvrit à la volée et alla claquer contre le mur. Jörmun s'avança dans la pièce avec une femme menottée à sa suite. Sarah referma la porte pour étouffer les cris qu'on entendait depuis le corridor. Il s'arrêta à ma hauteur. Sa captive avait été bâillonnée et ses mains avaient été ficelées jusqu'au bout des doigts. Ça ne l'empêchait pas de lancer des regards noirs sur Félicitée.

Le dragon attendit que le silence revienne avant de prendre la parole.

— Regarde ce que j'ai trouvé qui traînait dans les corridors. Elle était sous ton toit et elle s'est présentée comme un membre de ton entourage.

Félicitée secoua la tête, les épaules rigides.

— Visiblement, je suis la victime d'un infâme complot.

Karl avança d'un pas.

— Les sorcières qui nous ont attaquées ce soir étaient en possession de la clé.

Il leva la pièce et l'assemblée éclata en cris et des questions fusèrent de toutes parts. Le regard du dragon se mit à miroiter d'une lueur dangereuse. Nikolaj avança d'un pas pour étudier l'objet. Il acquiesça pour confirmer que c'était bien la clé. La panique se peignit sur les traits de Félicitée et elle se tourna vers le dragon.

— Avec l'artéfact, Visdom et toi pourriez être libérés du contrôle du Roi-Mage. Vous ne lui devriez plus allégeance.

Le dragon la considéra, son visage dénué d'émotions.

— Qu'y gagnes-tu?

Félicitée se redressa et je pouvais sentir sa jubilation.

— Mon Sire m'a exilée et m'a retiré toute mon influence. Il a gardé une partie de ma progéniture pour s'assurer de ma loyauté. Les miens souffrent sous sa tutelle.

– Tu cherches la vengeance, précisa Jörmun.

Elle hocha la tête et fit un pas vers lui.

– Nous devons changer les rapports de force. Je n'ai pas droit à une juste rétribution parce que le Roi-Mage accorde toutes les faveurs que mon Sire peut lui soutirer. Le Roi-Mage ne comprend pas qu'il protège des têtes dirigeantes pourries. Je pourrais faire bien plus que mon Sire.

Le duc Nikolaj la considéra, les sourcils froncés.

– Tu as perdu le contrôle de tes sorcières. Je vois mal comment tu pourrais contrôler l'entièreté des vampires.

Félicitée agita une main pour balayer ses arguments.

– Ce sont des bêtes à demi sauvages au départ. Les vampires fonctionnent dans un cadre strict depuis des centaines d'années.

Jörmun inclina la tête de côté.

– Alors tu reconnais avoir gardé des sorcières sous ta protection. Tu reconnais les avoir utilisées pour servir ta cause et nuire à la lignée du Roi-Mage.

La maîtresse des vampires se raidit. Son teint pâle le devint encore un peu plus. Le dragon se tourna vers sa captive et tira son bâillon vers le bas.

– Dis-moi, très chère, qui menait votre coven?

Le regard de la sorcière était chargé de colère, mais son attention se porta vers la maîtresse des vampires et sa haine l'emporta.

– Félicitée a voulu transformer notre mère dirigeante en marionnette. Mais le lien de sang a fini par se rompre.

Le dragon hocha la tête avec un air pensif.

– Qu'est-ce que Félicitée a demandé au coven d'accomplir ces dernières années?

La sorcière déglutit devant le grondement de la maîtresse des vampires. Le dragon lui offrit un sourire rassurant et l'invita à répondre d'un geste de la main.

— Elle nous a demandé d'infiltrer les Faes et de voler la clé puis de saboter les communications des renégats.

Mab se redressa avec une exclamation outrée. Le regard de Félicitée était rivé sur la sorcière et lui promettait une fin douloureuse. Alors qu'elle ouvrait la bouche, la captive se pencha vers elle avec une grimace hargneuse et la prit de vitesse.

— Vieille sotte dégénérée, tu étais tellement occupée à te rouler dans ta propre stupidité que tu n'as rien vu.

Jörmun secoua la tête avec un regard réprobateur et remonta le bâillon. La sorcière continua de marmonner et il la secoua pour la faire taire avant de faire face à la maîtresse des vampires.

— Voilà qui clôt les débats.

Félicitée leva les mains devant elle. Le dragon se tourna et sortit une longue épée de derrière lui. La sorcière tressaillit à ses côtés et je clignai des yeux, surprise. L'arme n'y était pas quelques secondes plus tôt. C'était une des plus grosses lames que je n'ai jamais vues. Elle était droite et exempte de fioritures. La garde était une simple bande dorée. L'extrémité de la poignée se terminait par un énorme joyau rouge.

— Par l'autorité qui m'est conférée par le trône du Roi-Mage, j'accuse Félicitée, la maîtresse du nid des vampires de Montréal, de haute trahison. Pour avoir fomenté contre la lignée du Roi-Mage, pour avoir hébergé des sorcières en ton sein, pour avoir nui à tes semblables, je te condamne à mort. As-tu quelque chose à dire pour ta défense?

L'espace s'était libéré à la vitesse de l'éclair et Félicitée était seule face au dragon. Elle lança des regards paniqués vers les spectateurs.

— Ce ne sont que des médisances rapportées par une banale humaine et une sorcière délirante.

Le dragon lui fit un sourire mauvais.

– Il se trouve que je les trouve fort convaincantes. Je suis l'envoyé de la Couronne et j'ai reçu l'ordre de mettre un terme aux actions des renégats. Ces derniers me semblent avoir rompu les rangs pour de bon. Toi par contre, tu continues de faire des vagues.

– Jörmun, réalises-tu que la liberté est à ta portée? Joins-toi à moi et –

Le dragon prit son élan et abattit sa lame sans laisser Félicitée terminer. La lame la traversa de la clavicule à l'épaule opposée. Sa tête tomba au sol avec un bruit sourd semblable au tonnerre dans la pièce complètement silencieuse. Personne ne bougeait tandis que la tête roulait pour s'arrêter contre le pare-étincelles du foyer.

Finalement, Nikolaj avança d'un pas pour nous faire face.

– Je vous suggère tous de faire le tour de vos rangs et de purger les dissidents. Le Roi-Mage William accepte la légitimité des indépendantistes, mais il anéantira les renégats.

Il y eut quelques hochements de tête avec des mines sombres en réponse. Le duc se tourna vers Ichiro.

– Avez-vous un plan de succession?

Le vampire s'inclina formellement.

– Je suis le vampire le plus ancien du nid. Je verrai à appliquer la convention. D'ici là, en tant que maître par intérim, je voudrais demander officiellement à me joindre aux Clans à titre d'indépendantiste.

Nikolaj fronça les sourcils.

– N'es-tu pas lié au Sire de ta maîtresse?

Un mince sourire étira les lèvres d'Ichiro.

– Disons que je bénéficie désormais d'une certaine latitude.

Il se tourna vers Christian avec un regard inquisiteur. Le chef de la meute échangea un regard avec Annick. Elle acquiesça et il se tourna vers le vampire.

– Je suggère que nous discutions de notre collaboration à tête reposée lorsque le nid sera stabilisé.

Ichiro acquiesça et fit face à Nikolaj et au dragon.

– Si vous voulez bien m'excuser, je dois voir aux besoins du nid.

Devant leurs hochements de tête respectifs, il s'adressa au reste de la salle.

– Je dois malheureusement interrompre les festivités du Solstice. Vous êtes bien sûr les bienvenus à prolonger votre séjour parmi nous.

Il fit une rapide courbette avant de se diriger vers le couloir. Des éclats de voix l'accueillirent et la porte se referma derrière lui.

Les différents chefs de délégation reprirent vie et un murmure de discussions combla le silence. Je relâchai mon souffle et me frottai le visage à deux mains. Cette nuit était la plus longue que je n'ai jamais vécu.

# Chapitre 19

Le monstre marin apparut à mes côtés et il me tendit un verre à fond plat rempli d'un liquide ambré. Je le pris avec un regard circonspect et reniflai le contenu. L'arôme du whisky me remonta le nez avec une chaleur bienvenue. Memphré inclina son verre et je lui rendis son toast.

– Notre indépendance aura coûté la tête de Félicitée. Un terrible prix à payer pour elle, une aubaine pour nous. Champi et Ponik seront tristes d'avoir manqué toute cette agitation. Belle prestation d'ailleurs. Je n'aurais pas parié sur toi en septembre dernier. Et j'aurais été en erreur aujourd'hui.

– Merci?

Je ne savais pas trop si c'était un compliment ou une insulte et mon ton me trahit. Memphré me fit un clin d'œil et emboîta le pas à ceux qui sortaient de la pièce. Près du foyer, un petit groupe s'était formé, le corps de Félicitée oublié derrière eux. Je trouvais cette fin encore plus horrible qu'un procès en bonne et due forme suivi de la disgrâce d'être reconnue coupable. N'est-ce pas l'intérêt de l'immortalité; marquer les mémoires et laisser sa trace?

Nikolaj avait fait signe à Karl de s'approcher. Jörmun, Sarah et Christian se tenaient à ses côtés. La sorcière était en retrait, toujours ficelée avec un cercle de confinement doré autour de ses pieds. Je déposai mon verre sur une console et m'approchai pour entendre ce dont ils parlaient. Le duc pointa la clé dans les mains de Karl.

– Comme je préfère éviter un affrontement, je ne peux pas exiger le retour de la pièce. Par contre, je voudrais souligner que je le verrai comme une faveur personnelle si tu voulais bien la rendre.

Karl l'étudia un instant. Puis il me jeta un coup d'œil par-dessus son épaule. Je fis de mon mieux pour garder une expression neutre. Ce n'était pas à moi de lui dire quoi faire. Le coin de ses lèvres se souleva brièvement et il refit face au mage.

– Je te retournerai la pièce. Mais j'aimerais avoir la confirmation que les événements de ce soir innocentent la meute des Faoladh et que le Roi-Mage n'investiguera plus de ce côté à la recherche des renégats.

Mon cœur se serra de gratitude. Il détestait la politique, et transiger avec les Faoladh n'était pas toujours facile. Malgré tout, il avait mis leur sécurité avant son propre gain. Nikolaj acquiesça.

– La Couronne est satisfaite des preuves et des témoignages fournis ce soir. J'ai l'impression que les renégats ne nous poseront plus de problème à l'avenir.

Il haussa un sourcil à l'intention du dragon.

– Que vas-tu faire de ta prisonnière?

Le sourire de Jörmun n'avait absolument rien de rassurant.

– Elle avait des choses très intéressantes à dire. Je vais la ramener au Roi-Mage.

Sarah se tourna vers lui avec les sourcils froncés.

– Félicitée t'a offert ton libre arbitre et tu n'as pas accepté son offre.

Il rendit son regard à sa fille avec une expression indéchiffrable et se contenta de hausser un sourcil.

– Que ferais-tu avec l'artéfact? insista Sarah. Le remettrais-tu à ton maître?

Le regard du duc alterna entre le dragon et l'Oiseau de feu.

– Je ne devrais pas entendre cette discussion. L'odeur de haute trahison est un peu trop forte.

Le dragon plissa les yeux et étudia sa fille.

– Je pourrais m'assurer que les indépendantistes obtiennent gain de cause de manière définitive. Est-ce que ça te conviendrait?

Sarah se tourna vers Christian. Ce dernier ouvrit de grands yeux et écarta les mains.

– L'artéfact a toujours été en ta possession et je te laisse choisir ce que tu en fais. La meute serait honorée de te compter parmi ses alliés de façon permanente.

Elle hocha la tête avant de se tourner vers le dragon.

– Je vais te le remettre. Si Karl veut bien te donner la clé, tu pourras aller rendre des comptes au Roi-Mage.

Karl acquiesça et tendit la plaque au dragon qui la prit avec une expression révérencieuse. Sarah leur fit dos et tira sur la manche de sa robe pour dévoiler le haut de son épaule. Lorsqu'elle se mit à psalmodier, sa peau s'illumina de l'intérieur, comme si des flammes s'y déplaçaient. Le dragon grimaça et l'interrompit.

– Tu as toujours été astucieuse, mais voilà qui s'annonce pénible. Puis-je?

Sarah lui lança un regard pointu par-dessus son épaule puis acquiesça. Jörmun passa ses mains au-dessus de sa peau et prononça quelques mots. Sarah sursauta et l'image dans son dos disparut. Le dragon tenait une espèce de sceptre avec une énorme pierre enserrée au bout. Il prit le socle et le joignit à l'autre pièce.

Les poils de mes bras se hérissèrent comme si un courant électrique me traversait. Une lueur ambrée passa dans le regard du dragon avant de disparaître et d'être remplacée par un sourire satisfait. Il se tourna vers le duc Nikolaj.

– Je vous quitte pour terminer mon mandat.

Le dragon récupéra sa prisonnière et prit la direction de la porte. Je cherchai l'épée du regard, mais elle avait mystérieusement disparu. Le duc nous souhaita bonne nuit et emboîta le pas à Jörmun. Christian les suivit du regard avant de reporter son attention sur nous.

– Ça ne s'est pas passé comme prévu. Je ne sais pas trop si c'est mieux ou pire que le scénario qu'on avait prévu.

Son sourire se fit dérisoire.

– Mes efforts pour tisser des liens avec les Faes n'auront pas vraiment les retombées escomptées.

Karl étudia la porte du salon avec un regard pensif, comme s'il pouvait voir ce qui se trouvait de l'autre côté.

– Ichiro sera certainement à surveiller, dit-il. Mais son empressement à rejoindre les indépendantistes me porte à croire qu'il y a une profonde scission parmi les vampires.

Sarah se tourna vers moi avec un sourire.

– J'ai manqué ma chance de faire goûter ma colère à la communauté surnaturelle.

Mes yeux s'écarquillèrent à cette réalisation. Je lui avais damé le pion en effectuant les accusations à sa place. Son sourire s'agrandit encore et elle secoua la tête.

– Ne t'en fais pas. De les voir se faire retourner comme des crêpes par une simple humaine était inestimable. Ça leur apprendra à sous-estimer un adversaire, quel qu'il soit.

J'acquiesçai et étouffai un bâillement. Ce fut au tour de Christian de me sourire.

– Allons nous coucher. Cette nuit a déjà été bien assez longue.

Il fit signe à Sarah de le précéder en direction de la porte. Je lançai un coup d'œil à l'horloge sur la table basse. Le soleil se lèverait dans quelques heures à peine. Karl prit ma main et la porta à ses lèvres.

– Ma mère a raison. Tu as été impressionnante ce soir.

Je sentis le rouge me monter aux joues.

– J'avais d'excellents renforts.

Il me sourit et m'entraîna vers le couloir. La mezzanine s'était vidée et il ne restait plus personne pour assister à notre sortie triomphale.

Peu m'importait. Je ne l'avais pas fait pour la gloire.

Ma famille était à l'abri des représailles du Roi-Mage. La cause des indépendantistes avait fait un énorme bond en avant. Les renégats, s'il en restait, ne seraient pas en mesure de causer bien des dégâts. Les Clans pourraient mettre leur énergie à créer leur régime idéal, différent de celui de l'Europe.

Un pincement d'inquiétude me traversa la poitrine. Différent n'était pas toujours mieux. J'espérais que les changements des prochaines années seraient cléments pour ma famille et l'ensemble de la communauté surnaturelle. Je trébuchai sur un pli du tapis et Karl me rattrapa.

– Je ne sais pas toi, dis-je, mais je crois bien que je vais dormir pour les douze prochaines heures.

Il se contenta de grogner en guise de réponse. Je me frottai les yeux alors que nous arrivions devant la porte de notre suite. Il me fit passer devant lui et je retirai mes chaussures aussitôt. Le froid du plancher fut une bénédiction pour mes orteils endoloris par toute cette agitation.

Sarah nous fit un salut de la main alors qu'elle refermait la porte de la chambre qu'elle partageait avec Alain. Rian était debout dans le salon en pyjama et les cheveux en bataille. Christian lui tapota l'épaule et sourit à Sorcha qui était assise dans le divan.

– Je vous donnerai la version détaillée demain. Reposez-vous.

Sorcha secoua la tête.

– Je vais prendre le premier tour de garde. Avec tout le chaos que vous avez semé ce soir, je ne veux pas courir de risques.

Christian acquiesça avant de tourner les talons avec un soupir fatigué. Je portai la main devant ma bouche lorsqu'un autre bâillement menaça de me décrocher la mâchoire. Sorcha nous chassa d'un geste de la main en nous promettant un interrogatoire à notre réveil.

Dans la chambre, je lançai mes souliers dans un coin et enlevai les vêtements de Sorcha avant de les déposer à part. Karl ressortit de la salle de bain comme je me glissais entre les draps. Je l'entendis tirer sur les rideaux et éteindre la lumière. Mes yeux étaient déjà fermés et refusaient de s'ouvrir. Le lit bougea lorsqu'il se coucha et je roulai sur le côté pour profiter de sa chaleur. Son bras se posa sur ma taille et je sombrai dans le sommeil.

C'était inévitable que mes rêves reflètent les émotions de la journée, et bientôt je me retrouvai au centre d'une clairière sombre. Karl était devant moi, recouvert d'une masse grouillante de lianes noires. J'entendais les sorcières ricaner comme des hyènes tout autour de nous.

Je tentais désespérément de rejoindre Karl, mais quelque chose me retenait. Je me tournai pour voir la silhouette de Marc, couché au sol. Son corps s'était transformé en pierre et sa main enserrait mon poignet. Je tirais, mais ma main était prisonnière du carcan de pierre. La panique me poussait à me débattre et je pouvais sentir le sang qui coulait sur ma peau.

Des bras m'enserrèrent et je me retrouvai dans un endroit brumeux et sombre. Une lumière diffuse perçait le brouillard, mais j'aurais été incapable d'en trouver l'origine. La présence de Karl était si forte que j'ouvris les yeux.

Il me fallut un moment pour comprendre que j'étais dans le lit, plaquée contre lui. Un mince filet de lumière était visible entre les rideaux. Je tendis l'oreille, mais aucun son ne me parvint du salon. Je tentai de calmer ma respiration et me concentrai sur la chaleur de la peau de Karl sous mes mains.

L'affrontement avec Mab, suivi de celui avec les sorcières, l'avait mis à mal. Comme croque-mitaine des surnaturels, ça faisait de lui la principale cible à abattre. Ce ne serait sûrement pas la dernière fois qu'un groupe de dissidents s'en prendrait à lui. Je sentis la panique monter à l'idée que j'aurais pu le perdre. Si j'avais été incapable de rompre l'enchantement de Mab, si la Shaman n'avait pas retiré la malédiction des sorcières...

– Chhh, arrête, marmonna Karl.

Je collai mon nez contre sa poitrine et fermai les yeux un peu plus fort. Ses bras se resserrèrent autour de moi et un grondement fit vibrer sa poitrine.

– Je ne suis pas si facile à tuer.

Notre connexion était parfois bien pratique, mais elle permettait peu de distance entre nous.

– Je sais.

Je soupirai et plaquai mon oreille contre sa peau pour entendre les battements de son cœur. Le son termina de chasser les derniers filaments de terreur laissés par le cauchemar. Karl roula sur le dos et m'entraîna avec lui.

– Tu m'as dit que je te rendais plus forte, mais tu me rends plus fort aussi.

Ses mains remontèrent mon dos et je relevai la tête. Ses lèvres trouvèrent les miennes et je me laissai emporter par les sensations. Je passai mes doigts sur sa nuque et pris appui sur mon autre main pour avoir un meilleur angle.

Mes hanches se trouvèrent au-dessus des siennes et le contact me coupa le souffle. Ses mains descendirent vers mes fesses et augmentèrent la pression. Un frisson de plaisir me remonta le creux des reins. Ses lèvres étouffèrent mon gémissement et sa langue prit ma bouche d'assaut.

Il nous fit rouler et je me retrouvai étendue sous lui. Sa bouche explora la moindre parcelle de ma peau et je me cambrai sous l'assaut. En quelques mouvements, il me débarrassa de mon pyjama et le lança au sol. Ses doigts trouvèrent facilement mes endroits sensibles et mon souffle se fit saccadé.

Le plaisir me parcourut en succession de frissons. Il me tortura de ses lèvres et de sa langue jusqu'à ce que je me débatte pour le ramener à moi. J'avais besoin de plus, j'avais besoin de lui. Il revint au-dessus, ses mains plantées de chaque côté de ma tête alors qu'il m'embrassait comme s'il essayait de prouver que je lui appartenais.

J'encerclai sa taille de mes jambes et il céda à ma demande. Ma tête se jeta vers l'arrière alors que nos corps se fusionnaient. Son rythme était lent et la pression était délicieuse. Je parcourus son dos de mes mains et sa cadence augmenta imperceptiblement.

Ma bouche trouva la peau de son épaule lorsqu'il changea d'angle. Le plaisir me transperça et mes dents se plantèrent d'elles-mêmes dans sa chair. Ses mouvements prirent en force et mon corps fut secoué de spasmes. J'étouffai mes gémissements contre sa peau et des étoiles dansèrent derrière mes paupières. Ses tremblements firent écho aux miens et il enfouit son visage dans mes cheveux pour étouffer son propre plaisir.

Mes muscles étaient complètement liquides et refusaient de bouger. Son odeur si familière m'enveloppait, tout comme sa chaleur et son corps. Je sentis ses lèvres déposer des baisers sur mon cou et mes joues.

Un sourire étira mes lèvres et il y colla les siennes. J'ouvris les yeux et plongeai dans son regard azur. La certitude que je serais heureuse de m'y perdre jusqu'à la fin de mes jours m'envahit. Mes mains remontèrent dans ses cheveux et j'écartai les mèches qui étaient retombées sur son front.

– Je t'aime.

– Je t'aime aussi.

Je fermai les yeux et ses bras me plaquèrent contre lui un peu plus fort. Il semblait aussi incapable que moi de s'éloigner. Il finit par rouler sur le côté et je plaçai ma tête dans le creux de son épaule, ma jambe sur la sienne. Le bout de ses doigts se mit à tracer des boucles sans fin dans mon dos. Un soupir de contentement m'échappa et je fermai les yeux.

– Je crois que j'ai trouvé le seul remède efficace contre les cauchemars, dis-je.

La poitrine de Karl fut secouée d'un rire silencieux.

– Est-ce que je me trompe ou tu fais des cauchemars presque toutes les nuits?

L'espoir et l'amusement étaient faciles à entendre dans sa voix. Je pinçai les lèvres pour contenir mon propre rire.

– Je n'ai jamais vraiment tenu le compte. Ce sera à toi de me le dire.

Je l'entendis rire tout bas, puis ses lèvres se posèrent sur mes cheveux.

– Tout ce dont tu as besoin, tout ce que je peux t'offrir. C'est à toi.

Je fermai les yeux et le sommeil ne tarda pas à revenir. Sans cauchemar cette fois.

# Chapitre 20

Les bruits dans le salon finirent par me réveiller. Karl gronda et m'attira contre lui lorsque je fis mine de sortir du lit. Sa barbe naissante me râpa la joue et je retins un cri de surprise. Ses mains remontèrent mes côtes et trouvèrent ma poitrine. J'inspirai brusquement au contact, traversée par un éclair de plaisir. Un éclat de voix de l'autre côté de la porte me stoppa net. Je tirai sur son poignet et déposai un baiser d'excuses sur ses lèvres.

– Je dois aller aux toilettes.

Il me laissa partir avec un grognement avant de se cacher la tête sous un oreiller. Je souris et passai une main sur la peau lisse et ferme de son dos. Les muscles étaient définis et la curiosité me donnait envie de tester leur fermeté. Sa voix rauque me parvint depuis l'oreiller.

– Si tu continues, je ne te laisserai pas sortir du lit.

Je me sauvai avant qu'il ne mette sa menace à exécution. Avec l'ouïe fine des Faoladh, je n'avais pas envie de nous donner en spectacle. Je passai à la salle de bain avant d'enfiler mon pyjama et de sortir de la chambre.

Un chariot avait été tiré près de la table basse du salon. Un déjeuner de roi y trônait, avec du bacon, des saucisses, des fèves au lard, des œufs, des patates rissolées et du pain rôti. Bryan, Christian et Rian avaient des assiettes plus ou moins remplies devant eux. Sorcha me tendit des couverts propres avec un sourire.

– Dépêche-toi avant que Gill ne passe au travers.

Le principal intéressé grogna, la bouche trop pleine pour répondre. Mon cœur se réchauffa de le voir en forme.

– Tu as l'air mieux.

Il hocha la tête.

– C'est pratique, un Shaman.

Je remplis mon assiette et pris place dans un des sofas. La première bouchée de bacon craqua sous mes dents et je fermai les yeux de contentement. Je les rouvris au son de la voix de Rian.

– Christian dit que tu as fait face aux chefs de délégation et que tu as déculotté Félicitée devant tout le monde.

J'acquiesçai.

– Ce sont mes nouveaux super pouvoirs. Fais attention ou tu seras la prochaine victime sur ma liste.

La Sentinelle me fit un large sourire, loin d'être intimidée par ma menace. Une porte derrière moi s'ouvrit. Je me tournai pour voir Karl sortir de la chambre. Il se pencha par-dessus le dossier de mon sofa et attrapa mon autre tranche de bacon. Il prit une bouchée et considéra Rian d'un air songeur, mais il s'adressa à moi.

– Tu m'enverras cette liste, je suis curieux de voir qui y figure.

Je secouai la tête, amusée. Sorcha posa son menton dans sa main et nous étudia.

– Vous faites un duo inquiétant. Dommage que l'expression « la Belle et la Bête » soit déjà attribuée.

Je retroussai le nez.

– C'est un peu trop romantique à mon goût, de toute façon.

Christian échangea son assiette pour sa tasse à café qu'il leva en guise de toast.

– Peu importe le nom de votre duo, c'est vrai que vous avez été efficaces ce week-end.

Ma gorge se serra devant son approbation évidente. Je hochai la tête en guise de remerciement, incapable de parler.

– Grâce à l'intervention du dragon, les choses vont peut-être bouger plus vite, dit-il. Nous avons une structure entière à mettre en place pour gérer la communauté surnaturelle, assurer la bonne communication et établir de nouvelles règles.

Karl se redressa avec un grognement neutre. Je levai les yeux vers lui, loin d'être dupe. Le chasseur venait de flairer que quelqu'un le traquait. Les lèvres de Christian se pincèrent et une lueur amusée passa dans son regard. Les Sentinelles échangèrent des coups d'œil entendus. L'inquiétude me fit déposer mon assiette, mon appétit envolé. Christian reprit.

– Je vais avoir besoin d'émissaires pour interagir avec les différents groupes.

Sorcha retroussa le nez et imita la voix plus grave du chef de meute.

– Du genre « une main de fer dans un gant de velours ».

Christian hocha la tête et son regard se posa sur moi, lourd de sens. J'ouvris de grands yeux et pointai Karl. C'était une main de fer dans un gant de barbelés. Bryan ricana devant mon expression et il me pointa.

– Ils ne te verront jamais venir. Ils seront trop occupés à danser autour du croque-mitaine. Tu vas les mener par le bout du nez.

Rian fit une grimace.

– J'ai quand même un cas de conscience à leur envoyer un tel loup parmi les brebis.

Je levai les mains pour les arrêter.

– Qui sont les loups et qui sont les brebis dans cette histoire? Je ne vous suis pas.

Karl s'assit sur le bras du sofa avec un demi-sourire.

– Ils veulent m'envoyer comme leurre tandis que tu les mets au pas. L'idée a un certain mérite.

Il baissa les yeux vers moi avec un haussement de sourcil interrogateur. Je clignai des yeux, surprise.

– Il me reste encore un an et demi d'études.

Christian acquiesça.

– Les procédures officielles vont prendre encore quelque temps du côté de l'Europe. La transition risque de s'échelonner sur plusieurs mois, voire des années. Vous pouvez prendre le temps d'y réfléchir.

Karl acquiesça et s'éloigna pour se servir à manger. Il envoya un regard sévère à Gill qui revenait remplir son assiette. Le loup haussa les épaules avec fatalité et lui céda la place. Christian se leva avec un sourire et vint déposer un baiser sur mon front.

– Je vais aller faire mes salutations aux autres. On devrait être prêt à partir d'ici une heure.

Je lui souris et repris mon assiette pour terminer mon repas. Une fois la porte refermée derrière lui, Sorcha se pencha pour chuchoter un peu trop fort.

– C'est le plan parfait. Il te garde juste assez près de la meute pour avoir un œil sur toi sans t'étouffer. Il rend Karl responsable de ta sécurité en même temps que de la bonne entente parmi les Clans. C'est machiavélique.

Je m'étouffai sur la bouchée que je venais de prendre. Karl se racla la gorge et se tourna vers elle avec une expression sceptique. Le sourire de Sorcha aurait pu alimenter une centrale électrique. Des coups à la porte interrompirent la réponse que Karl se préparait à faire.

Bryan pointa Sorcha et elle acquiesça en prenant position. Rian se plaça de l'autre côté, hors de vue. Karl déposa son assiette et je l'imitai. La Sentinelle ouvrit la porte pour dévoiler Titania, vêtue d'une longue robe vert émeraude. Le Béret rouge était en position derrière elle, son attention sur le corridor. La Fae nous sourit, bien consciente que les loups étaient prêts à défendre leur territoire. Elle inclina la tête à mon intention.

– Je suis sur mon départ et je voulais remettre un présent à Ellie.

Elle tendit une boîte à bijoux en bois travaillé. Des nœuds celtiques recouvraient toutes les faces et un loquet en métal ornait le couvercle. J'essuyai mes mains sur mes pantalons discrètement et me levai pour aller à la porte. Titania remarqua mon hésitation et son expression se fit ironique.

– C'est de la part de Mab, en guise de remerciement. Elle est bien consciente que vous auriez pu profiter de la trahison d'Osheen pour lui porter un coup fatal.

Elle étira le bras dans ma direction et je pris le boîtier, pour éviter de paraître grossière. Je retirai le loquet et soulevai le couvercle. Un simple bracelet de perles brunes reposait sur un coussin de paille. Je relevai les yeux vers Titania et elle pointa le cadeau.

– Il est fait de bois de rosier venant d'un bouquet offert par générosité à un être cher. Porte-le et tu auras la claire-vision.

Je fronçais les sourcils à cette expression. Le sourire de Titania resta en place, mais son visage se crispa.

– C'est un trésor des Faes.

– J'en prendrai grand soin.

Elle reprit une expression plaisante de courtisane, satisfaite par mes remerciements.

– Obéron sera fasciné lorsque je lui raconterai les événements des derniers jours.

Ses paroles ressemblaient terriblement à une menace. Je lui souris malgré tout.

– Nos chemins vont assurément se croiser à nouveau, termina-t-elle.

Elle salua les autres avant de s'éloigner. Bryan la suivit du regard un moment avant de refermer la porte.

– Les Faes sont tordues.

Je baissai les yeux vers mon cadeau. J'hésitais entre y voir une marque d'approbation ou un avertissement. Ou alors une insulte? Je pouvais déjà sentir la tension me crisper la nuque. La voix de Sarah me fit relever la tête. La porte de sa chambre était ouverte et je vis Alain se servir du café, ses lunettes fumées en place. Sarah s'approcha et se pencha au-dessus du coffret.

– Les Faes sont très près de la nature. Vu le soin avec lequel il est emballé, je dirais que c'est un objet puissant. Elles ont seulement commencé à utiliser le métal et les alliages récemment.

Alain eut un grognement dérisoire et Sarah grimaça.

– Il y a quelques centaines d'années, corrigea-t-elle. Ce bracelet a probablement plus de cinq cents ans.

Elle tendit la main vers le bracelet et haussa un sourcil interrogateur. Je tendis la boîte vers elle, pensant qu'elle allait le prendre, mais elle se contenta de passer les doigts au-dessus.

– C'est une magie passive. Tu ne risques pas grand-chose à l'essayer.

Je posai le coffret sur une console et enfilai le bracelet à mon poignet. Un fourmillement discret remonta mon bras et se diffusa dans mon corps. Je baissai les yeux et vis que mes amulettes luisaient à travers mon vêtement. Leur lueur ambrée clignota avant de diminuer. Je relevai les yeux et vis des cercles de protection miroiter sur le seuil de la porte.

Leur lumière bleue clignota avant de s'estomper. Si je fixai l'endroit, les dessins reprenaient en clarté. Je pivotai sur moi-même et étudiai la pièce. Les fenêtres avaient les mêmes protections dessinées sur les montants.

– Que vois-tu? demanda Sarah.

Je lui expliquai les couleurs et elle hocha la tête avec un sourire.

— La magie offensive t'apparaîtra sûrement sous des teintes plus menaçantes, comme le rouge, ou le noir.

Je levai le bracelet sous mes yeux et l'étudiai. Le bois était lisse et les billes étaient reliées par une corde cirée.

— J'imagine que c'est vraiment un cadeau.

La serrure cliqueta et la porte s'ouvrit sur Christian. Il la referma avec des gestes précis et se passa une main sur la nuque.

— Je trouvais que les aînés de la meute étaient chamailleurs, mais les Faes et les démons sont encore pires. Ramassez vos bagages. On part avant que je ne ruine tous nos efforts du week-end.

Je haussai les sourcils, surprise par son manque de patience. Il m'avait toujours semblé parfaitement à l'aise avec les discussions et les négociations. Karl déposa son assiette vide avec le reste de la vaisselle sale sur le chariot.

— Tu n'auras qu'à faire comme Ellie.

Christian mit les mains sur ses hanches et fronça les sourcils en guise de question. Les lèvres de Karl s'étirèrent en un sourire et il s'expliqua.

— Si la diplomatie échoue, demande au Windigo de rugir un peu plus fort.

J'étouffai un ricanement. Christian secoua la tête avec un sourire amusé.

Une dizaine de minutes plus tard, nous étions tous dans le vestibule avec nos bagages. Sarah était déjà partie en confirmant que nous nous reverrions pour le souper de Noël. Jalia nous souhaita un bon voyage de retour au nom des vampires.

Comme nous sortions, une voiture noire s'arrêta le long du trottoir. La vitre arrière s'abaissa pour dévoiler le visage de la Dame blanche. Ses longs cheveux blonds avaient été coiffés en une tresse lâche qui contrastait avec le col de fourrure noire.

À mes côtés, Karl se raidit et fit un pas pour se placer entre nous. Christian s'avança à sa rencontre avec une expression neutre. La Dame blanche leva les yeux vers lui avec un petit sourire dérisoire.

– Tu m'enverras une convocation pour la prochaine réunion des Clans.

– Dois-je comprendre que tu vas t'impliquer?

Elle fit une moue pensive.

– Félicitée a payé sa stupidité de sa vie, mais elle avait raison lorsqu'elle a dit que mon isolement a causé mon infortune.

Son regard tomba sur moi et je frissonnai. Visiblement, mon camouflage naturel ne pouvait pas me masquer alors que j'étais entourée de Karl et des Faoladh. Son sourire se fit prédateur.

– D'autant que je suis curieuse de voir comment les choses vont évoluer.

Elle se cala dans son siège et agita les doigts en guise de salut. Sa vitre remonta et la voiture quitta le trottoir. Bryan avança à mes côtés, le regard fixé sur la rue.

– Celle-là va nous donner des maux de tête. Je le sens déjà.

Christian eut un rire sans joie avant de se diriger vers sa voiture, suivi de Karl. Gill se balança sur ses talons et son souffle se condensa dans l'air froid.

– Je dis qu'on devrait l'obliger à faire réparation pour toutes ces années où elle nous a snobés.

Alain lui lança un regard par-dessus ses verres fumés.

– Bien sûr, parce que c'est ainsi que nous ne répéterons pas les erreurs des Rois-Mages.

Bryan attrapa Gill par le cou et le secoua.

– Et voici la raison pour laquelle tu n'es pas chef de meute.

Gill se débattit avec un sourire et parvint à se dégager. Il fit semblant d'envoyer quelques coups à la Sentinelle qui se contenta d'esquiver en grondant. Je souris de voir Gill de retour à sa personnalité habituelle. Christian et Karl échangèrent quelques mots par-dessus le toit de leurs voitures respectives avant de prendre place pour nous rejoindre.

J'avais trouvé une place auprès de Karl. Ça ne voulait pas dire que j'avais perdu celle que la meute m'avait faite toutes ces années.

Un cri de Gill me fit tourner et je vis que Sorcha lui avait sauté sur le dos.

Les Faoladh avaient travaillé sans relâche pour obtenir leur indépendance, sans jamais perdre de vue leur nature et leurs valeurs. Je n'étais peut-être pas une créature surnaturelle, mais j'étais une des leurs.

Ma famille allait avoir besoin d'aide dans les années à venir, pour maintenir le cap. Quelque chose me disait que, sans mes interactions avec le dragon, les choses ne se seraient pas résolues aussi rapidement avec les sorcières et Félicitée. Ma simple présence avait été suffisante pour tisser des liens avec un allié puissant.

Même si l'idée de côtoyer la Dame blanche me donnait des sueurs froides, j'avais la conviction de pouvoir répéter l'exploit. Le bracelet à mon poignet était une autre preuve que j'avais commencé à faire ma place en dehors du cercle d'influence de la meute.

Je relevai la tête au son du verrou du coffre. Karl sortit de la voiture et la contourna pour aller à l'arrière. Je descendis du trottoir et lui tendis ma valise puis la sienne. Il fronça les sourcils et se pencha pour croiser mon regard.

– Ça va?

– Je crois qu'on devrait accepter et devenir des émissaires.

Il fronça les sourcils avec un air faussement contrarié.

– Tu veux dire qu'il faudra que j'attende que tu essaies de convaincre les gens avant que j'aie la permission de les manger?

Alain se faufila entre nous et plaça sa valise dans le coffre.

– Quelqu'un doit te garder à l'œil. Et j'ai visiblement échoué à la tâche.

Il me fit un clin d'œil par-dessus ses lunettes.

– Bonne chance, Ellie.

Il nous tourna le dos et prit place dans la voiture. Gill ouvrit l'autre portière arrière.

– Allez, les tourtereaux. Vous vous ferez des yeux doux à la maison.

Karl gronda.

– Je te préférais avec ta malédiction.

Gill secoua un doigt de reproche.

– Tu ne peux pas m'attaquer sans la permission d'Ellie. Et elle m'aime bien, non?

Il ouvrit de grands yeux à mon intention. Je secouai la tête avec une grimace puis me tournai vers Karl. Son visage était fendu d'un sourire et son regard pétillait.

– On a deux choix, dit-il. Soit on suit le plan de Christian et des Clans; on joue les gentils émissaires et on écoute les consignes. Soit on les prend tous par surprise et on explose leurs idées préconçues.

Je tapotai mes lèvres d'une main gantée.

– On devrait faire les deux. Question de les garder en haleine.

Il plaça ses mains sur mon visage et ses lèvres se posèrent sur les miennes.

– Tu vois, tes idées sont déjà bien meilleures que les miennes.

– Ensemble.

Il acquiesça et notre connexion répandit une vague de chaleur dans ma poitrine. La voiture de Christian klaxonna et Karl m'entraîna vers ma portière. Il la tint ouverte le temps que je prenne place.

Une fois la porte refermée, je levai les yeux. Des petits filaments de nuage se pourchassaient dans un ciel bleu limpide. L'après-midi était bien entamée et le soleil commençait déjà à décliner. La route de retour serait belle et dégagée.

Karl embraya la voiture et s'engagea derrière Christian.

J'avais survécu aux célébrations du Solstice. Les renégats ne pourraient plus nuire à ma famille. La meute avait solidifié ses alliances et l'indépendance n'avait jamais été aussi accessible.

La main de Karl se posa sur ma cuisse et j'y plaçai la mienne. Je croisai son regard et lui rendis son sourire.

Être indépendante ne voulait pas dire être seule. Car l'autonomie n'est pas une absence de contrainte. C'est plutôt un équilibre mutuellement bénéfique, fluide et en constante évolution. J'étais impatiente de revenir à la maison et de découvrir ce que l'avenir nous réservait.

FIN

**Envie de poursuivre l'aventure?** La série *La Coureuse des grèves* se déroule dans le même univers et partage certains personnages. Viviane Cormoran est une océanide pleine de ressources mais un peu trop curieuse. Entre les invités du manoir et les recherches qu'elle mène pour retrouver ses semblables, elle se retrouve mêlée à toutes sortes de mystères et d'enquêtes surnaturelles.

**Le prélude est gratuit!**
**Rendez-vous sur melaniedufresne.com pour recevoir votre ebook gratuit.**

**DANS LE MÊME UNIVERS**

*La série Windigo, fantasy urbaine*

La proie du Windigo

L'ennemi du Windigo

La chasse du Windigo

*La Coureuse des grèves, fantasy urbaine*

Les eaux empoisonnées

Les flots ensorcelés

Les vagues fugitives

Le ressac meurtrier

Le torrent captif

La cascade déchaînée

*Phoenix, fantasy urbaine*

La captive du dragon – sortie prévu le 19 décembre 2024

**AUSSI DISPONIBLES**

*La Chronique des Joyaux, fantasy épique*

Le crépuscule violet

L'aurore carmin

Le zénith nacré – sortie prévue le 22 septembre 2022

*La série Dominix Kemp, space opéra*

Gemellus

Similis

Dominus


**REMERCIEMENTS**

Je tiens à remercier David, l'homme extraordinaire qui partage ma vie et qui n'hésite jamais à me donner l'heure juste. Un gros merci à mes lectrices bêta Lorianne et Valérie. Vos opinions et vos questions m'aident à offrir ce que j'ai de mieux. À mes collègues écrivains, Isabelle et Philipe, nos échanges valent leur pesant d'or. Un merci tout spécial à mon frère Mathieu pour l'inspiration sur les lieux *underground* à Montréal. Je tiens aussi à souligner la contribution des auteurs du groupe *Fantasy Writers Support Group* pour la traduction en danois. *Hjertesten* est en fait un croisement des mots « cœur » et « pierre » (au sens de joyau), inspiré de l'expression *øyensten,* qui se traduit par « la prunelle de mes yeux », et qui vient des mots « yeux » et « pierre ». Finalement, merci à vous chers lecteurs. Rien de tout ceci ne serait possible sans vous!

## À PROPOS DE L'AUTEURE

Mélanie est originaire de la banlieue ouest de Montréal, au Québec. Déjà à 10 ans, elle passe une bonne partie de ses nuits à lire sous les draps avec une lampe de poche. Le reste du temps, elle rêve d'écrire ses propres histoires. À 17 ans, elle quitte sa ville natale pour poursuivre ses études. Elle rencontre son conjoint dans le Bas-du-Fleuve et lui offre une vie de servitude en échange de bons repas. Finalement, c'est lui qui cuisine et c'est mieux ainsi. Ils habitent en banlieue de la ville de Québec avec leurs deux merveilleux enfants et un chien affectueux, mais pas très brillant. Ses plaisirs coupables sont le chocolat et les romances paranormales.

**Rejoignez l'auteure sur ces réseaux**
Site Web : melaniedufresne.com
Boutique : melaniedufresne.shop
Facebook : www.facebook.com/MelanieDufresneEcrivaine
Instagram : www.instagram.com/melanie_ecrit